KEY·可以文化

茅盾文学奖得主

阿来作品

行刑人·银匠

《尘埃落定》外篇

阿来——著

A Lai

Outer Chapters of the Red Poppies

浙江文艺出版社
Zhejiang Literature & Art Publishing House

序

1994年5月，马尔康。

我坐在一台286电脑前，高原上春天来得晚，窗外山上白桦林一派新绿，一树树杜鹃花绽放其间，鲜明灿烂。人的一生，会有无数这样的瞬间，身在世间，又超然物外。

那时我停止文学写作已近四年，做本地诸家土司史调查也近四年。新鞋走破几双，搜得的旧史料堆满了书桌。没有想过要用这些材料来写小说。当年做这些工作，只是填充青春期过后感觉前路迷茫时那巨大的空虚罢了。想要于一个阔大也局促的地域中，至少个人、自己，要知所从来，知所从去罢了。

文学伟大的魅力，会在某一时刻突然将激情唤醒，将人置于了悟洞明的临界处，字词络绎而来。那是时间深处的雪，飘落在 1994 年的电脑屏幕之上，雪野深处，还传来野画眉声声叫唤。那一瞬间，一句话就情景俱在了。一个失落的世界，在字词中复活，徐徐展开。那一年的 5 月到 12 月，我都沉浸在这个世界。文字导引我一路前行，我也不断矫正着文字的方向。

到《尘埃落定》结束时，窗外山上的白桦叶子落尽，林中残雪斑驳。我的心境萧瑟而凄清，身体疲惫，一如海明威笔下与海洋和大鱼搏斗归来，躺在沙滩上的圣地亚哥。

来年春天，万物萌动，精力恢复，我发现自己还沉浸在《尘埃落定》的情境中间，那些人物继续与我纠缠。特别是当初文本中我想要多写，但考虑到要使小说结构均衡，没有充分展开的那些人物。

我重新打开电脑，意图把当时未能写得完全的人物充分展开。于是写了银匠，写了行刑人。有一种关于小说的定义，说：这种文体的魅力不是现实，不是生活表层的拘谨摹写，小说是关于人、关于历史、关于许多本来可能但未能实现的可能性的。现实人生旅程中，经历的是单向的线性时间，每一阶段，都会遇到道路分岔，一个人，选了左边就失去右边，走了右边又错过左边。真实人生之无奈，就在于面对诸多可能时，可以实现的，只有一种可能。所以当我再写行刑人和银匠时，故事走向发生了未曾预料的变化。不是我刻意安排，而是遵从人物的意愿。他们要这样。他们必须这样。我也喜欢笔下人物主动，喜欢他们自作主张。

当时计划要写的人物不只这么多，但两篇写完，情尽了，意也尽了。也就不勉强自己，没有再写。

《尘埃落定》出版延宕了四年之久，1998年底才在人民文学出版社出版。后写的两篇却先面世。1996年，《月光里的银匠》在《人民文学》杂志发表，编辑程绍武我并不认识。接着，《行刑人尔依》在《花城》杂志发表。直到前年，才在广州见到责编王虹昭女士，听她讲当年如何四处打长途电话寻找那个无名的作者。就是这些机缘，让一个写作者对文学虔敬的理想不致幻灭。

又三年，《尘埃落定》成书出版，同时在《小说选刊》长篇版创刊号全文刊出。使这本书得以面世的编辑和终审者，高贤均、何启治、洪清波、周昌义和脚印，真正认识的就脚印一人。因为《尘埃落定》已换了东家，更要把他们的名字郑重写下。尤其高贤均总编，离世已经十余年了。当年在北京初次相见，就应邀去他家中听交响乐谈小说的情景依然如在目前。

书出版后，宣传推广最力的张福海和关正文两兄，也是因书结缘的，如今都在各自领域有大成就了。

这回，曹元勇起意要把这一长一短两个中篇编到一起，心裁别出，叫《〈尘埃落定〉外篇》。呀！犹如被人猛击一掌。想当年我写这两篇小说，全是因为写完《尘埃落定》意犹未尽，出版时却一直都分散编在不同的小说集中，从未想到将其相聚于一本书里，和《尘埃落定》相互映照。这再次证明，小说家写了好小说，其面市推广，还需要眼光独到的出版家。

这本书，还收了我一个短篇小说《阿古顿巴》。阿古顿巴是个民间故事中的人物。以他为主角的短小故事应以千计，我听过的也不下百篇。但没有一个故事说他的家世和样貌。故事一上来就只说阿古顿巴于某处如何如何，阿古顿巴与某人怎样怎样。我就想给这个虚构人物写个小传：长什么样子？出身于什么家庭？那里又是什么样的地理与天气？又因何四处游荡去做各种故事中的主人公？

小说写于1986年，那时多年轻多美好啊！激情和关节一样未被现实磨损，连虚构的人物都愿去再度想象！那时还没有《尘埃落定》，那是我初入小说世界、对故事充满好奇心的时期。这个短篇，用民间故事里的人物来作主角，本身就是对故事可能性的探索：让人物栩栩如生，让字词叮当作响。

写作需要匠心独运，其实编辑编一本书，也需要独具慧眼。尤其是小说集，不该只是凑足字数了事。曹元勇编这本书，让其与《尘埃落定》互相生发，互相映照，足以使文本产生更多意义；也足以使愿意在小说殿堂中洞悉更多秘密的读者，见到故事和人物如何发生，故事和人物在小说中的多样的可能。这也是小说产生魅力的原因之一。

曹元勇要我为自己的书写个序，我想就是让我说说外篇与本篇的联系。我就遵嘱写了这些交代本末的文字在这里。

——阿来，2021 年 3 月

目　录

行刑人尔依

土司时代

这个时代现在看来是一个蒙昧时代，野蛮时代。如果和此前的时代进行比较的话，那可是一个好的时代，是一个看起来比现在有意思的时代。

土司时代开始的时候，力量是非常强大的，连众多的大神小神的系统都土崩瓦解了。每一个村子的神，每一个家庭的神灵都在某一天消失了。大家都服从了土司认定的那个来自印度，那个白衣之邦的佛陀，以及环坐在他莲座周围那些上了天的神灵们。神灵们脸上都带着对自己的道行充满自信的神情。

土司时代，木犁上有了铁的铧头，更不要说箭镞是多么锋利了。

还是这个时代，有了专结甜美果子的树木，土地也好像比以前肥沃了。有传说说，那个时代刚刚开始的时候，甚至出现了能结十二个穗子的青稞。

第一个土司不仅仅是个马上的英雄。他比聪明人多一个脑袋，比一般的人多两个脑袋，比傻子多一百个脑袋。其他创造我们不去说它，就只说和我们要讲的故事有关的吧。他的一个脑袋里的一个什么角落里动了一动，就想出了把人的一些行为看成是错误和罪过。他的脑子又动了一动，便选出一个男人来专司惩罚错误和罪过。被选中的这个人是个红眼睛的家伙，但是不叫尔依。土司时代刚开始的年头，土司往往说，去把那个家伙的舌头割了。因为这个人竟说土司时代没有过去的酋长时代好。土司又说，去，把那个人的膝盖敲碎了。因为这个人以为另一个土司的领地会给他带来更多的幸福，而动了像鸟一样自由飞走的念头。行刑人就用一只木槌把那个膝头敲碎了，声音并不像想象的那么清脆动听。土司对那个蜷缩在地上的痛苦的人说，你本来是个好人，可这一来，你的心地再也不会好了。没有脚的东西，比如蛇，它的心地好吗，它就是没有脚，不能好好走路，心地就变坏了。算了，坏了心地的人留着没有什么好处，来人哪，把这个坏了膝盖的家伙杀了算了。

于是，行刑人放下敲东西的木槌，挥起一把长刀，嚓！一声响，一个脑袋就落在地上了，脸颊上沾满了尘土。

这些都是土司时代刚开始时的事情。也就是说，那是在一个阶段上必然发生的事情。后来，不用再拔寨掠地，土司就把各种罪行和该受的惩罚都条理化了。所以，土司时代又被一些历史学家叫作律法时代。土司正在和一个女人睡觉——对于土司，不要问他睡的是自己的女人还是别人的女人——就是这个时候，他想起了一条律法，拍拍手掌，下人闻声进来站到床前。土司一边穿衣服，一边说，叫书记官来。书记官叫来了，土司说，数一下，本子上有好多条了，好家伙，都有二十多条了，我这个脑壳啊。再记一条，与人通奸者，女人用牛血凝固头发，杀自己家里的牛，男人嘛，到土司官寨支差一个月。

好吧，还是来说我们的行刑人吧。

后来的人们都说，是行刑人噬血的祖先使他们的后人无辜地蒙受了罪孽。岗托土司家的这个行刑人家族就是这样。行刑人家族的开创者以为自己的神经无比坚强，但那是一种妄想。刀磨去一点就会少去一点，慢慢地，加了钢的那点锋刃就没有了。他们那点勇敢的神经也是一样，每用一次，那弹性就会少去一点，最后就到了一点弹性都没有、戛然断掉的时候了。这种事情很有意思。

刚有岗托土司的时候，还没有专门的行刑人家族。前面说过，那个家族的开创者是个眼睛红红的老家伙。第一代土司兼并了好几个部落，并被中原的皇室颁布了封号。那时，反抗者甚多，官寨前广场左边的行刑柱上，经常都绑着犯了刚刚产生不久的律法的家伙。当时，主要还是用鞭子来教训那些还不适应社会变化，糊里糊涂就犯了律条的家伙。莎草纸手卷上写道：这个时候，要是晴天里有呼呼的风声在那些堡垒似的石头寨子上响起，就是行刑人又在挥动鞭子了。鞭子的风声从人们头上刮过时，那种啸声竟然十分动听。天空蓝蓝的，呼呼的声音从上面掠过，就像有水从天上流过。这种声音增加了人们对天空，对土司的崇敬之情。那个时候，土司家奴们抽人都不想再抽了，那个眼睛血红的家伙也是刚刚叫别人给抽了一顿，身上皮开肉绽。他是因为那双眼睛直愣愣地盯着土司，叫土司感到不舒服才受刑的。受完刑，他也不走开，还是用血红的眼睛看着土司，用低沉的嗓音说，让我来干这个活，我会干得比他们所有人都好。土司说，好吧，叫这个人试试。这个人接过鞭子，抻一抻，就在空中挥动起来了。他挥动鞭子并不十分用力，但空气都像怕痛一样啸叫起来，就不要说给绑在行刑柱上的人了。鞭子在这个自荐者手中像蛇一样灵巧，每一下下去都贴心切肉。土司说，很好，你是干什么的。

“下人是烧木炭的。”

“叫什么名字？”

“不敢有自己的名字，等着土司亲赐。”

“知道这样你就是我的家奴了吗？”

“知道。”

“我把你们这些人变成了自由民，你又想当奴隶。”

“下人就为土司惩治那些不守新规矩的人，请你赐我名字吧。”

“你就叫尔依了。”

“可以请问主子是什么意思？”

“既然要当奴隶，还在乎一个名字有没有意思。这个名字没有什么意思，这个名字就是古里古怪的，和你这个怪人不相配吗？”

这个已经叫了尔依的人还想说什么，土司一抬手，把那句话从他嘴边压回到肚子里去了。土司叫道，书记官，拿纸笔来记，某年月日，岗托土司家有了专司刑罚的家奴，从砍头到鞭打，都是他来完成，他的家族也要继承这一祖业。行刑人不能认为自己和别的奴隶有什么不同，不准随便和土司或土司家的人说话，不准随便放肆地用一双狗眼看自己的主子。如果平时拿了我们的权威的象征，也就是刑具到处耀武扬威的话，砍手。

行刑人家世

第一个行刑人一生共砍了两个头，敲碎过一个膝盖，抽了一只脚筋，断过一个小偷的两根手指，却叫无数的鞭笞给累坏了。

第一世土司死去的下一个月，第一个尔依也死了。

行刑人有两个儿子，其中一个让他感到失望，因为他不愿意继承行刑人的职业。在那个时代，可以供儿子们继承的父业并不是很多的，好在那个儿子不是大儿子而是二儿子。

要死的那天，他还鞭打了一个人。尔依看见二儿子脸上的肉像是自己在挨鞭子一样痛苦地跳动。就说，放心吧，我不会把鞭子交到你手上的，你会坏了我们家族的名声。儿子问，以前我们真的是烧木炭的自由民吗？父亲说，是又怎么样，不是又怎么样。真是那样的话，儿子说，我就要诅咒你这个父亲。

“你不是我的儿子，你伤害不了我，胆小的家伙。”

“我诅咒你。”

尔依觉得胸口那里一口腥热顶了上来，就说：“天哪，你这个狗崽子的诅咒真起作用了，说吧，你要我怎么样才不诅咒。”

“我要你到主子那里，请求还我自由民身份。”

“天啊，主子的规矩，如果我先跟他说话，就要割我的舌头呀！”

儿子说：“那你就去死吧。”

话音刚落，一口血就从老行刑人口中喷了出来。

新继位的土司刚好看见，就对那个诅咒自己父亲的儿子说，如果你父亲请求的话，我会赐你自由民身份。新土司还说，这个老头子已经昏了头了，难道我比我仁慈的父亲更残酷吗，难道他用一个行刑人，而我却要用两个吗？于是，当下就签了文书，放那人上山烧木炭去了。二儿子对土司磕了头，也对父亲磕一个头，说：“父亲，你可以说我是个没有良心的人，可别说我是没有胆子的人哪，我比你的继任者胆子要大一些吧。”说完，就奔能产出上好木炭的山冈去了。

尔依看看将要成为下一代行刑人的大儿子，那双眼睛里的神色与其说是坚定还不如说是勇敢。于是，呻吟似的说，是的，冷酷的人走了，把可怜他父亲的人留下了。

行刑人在行刑柱边上的核桃树荫里坐下，就没有再起来。

第二个行刑人也叫尔依，土司说，又不是一个什么光彩的职业，要麻烦主子一次又一次地取名字，行刑人都叫一个名字好了。这一代的书记官比上一代机灵多了，不等主子吩咐，就在薄羊皮上蘸着银粉写下，行刑人以后都不应该烦劳我们天赐的主子——我们黑头黎民和阳光和水和大地之王为他们另取新名，从今往后的世世代代，凡是手拿行刑人皮鞭的都只能叫作尔依，凡擅自要给自己取名字的，就连其生命一并取消。书记官要把新写下的文字呈上给主子看，主子完全知道他会写些什么，不耐烦地挥挥手，说，你这种举动比行刑人一辈子找我取一次名字烦人多了，就不怕我叫尔依招呼你？书记官立即显得手足无措。还是土司自己忍不住笑了，说，我饿了，奶酪。书记官如释重负。听见管家轻轻拍拍手掌，下人就端着奶酪和蜂蜜进来了。

第二个土司是个浪漫的、精通音律的人。

正是因为这个缘故，他处罚有罪的人方式比较简单，要么关在牢里一段时间，问也不问一声又放了，要么就下令说，把他脑袋取了。那些坏事都是脑袋想出来的，把脑袋取了。于是，二世尔依就干干脆脆用快刀一下就把脑袋取下。这比起长时间鞭打一个人来要容易多了。如果要这个二世尔依对人施行酷刑的话，那他也许一样会崩溃也说不定。行了刑回到家里，儿子就会对行刑人诉说那些死在他刀下人的亲属表现出来的仇恨。这时，行刑人的眼睛就变成了一片灰色，握刀的手端起一杯酒，一下倒在口中。再把一杯酒倒在门口的大青石上，对儿子说，来，学学磨刀吧。儿子就在深夜里把取人头的刀磨得霍霍作响，那声音就像是风从沼泽里起来刮向北方没有遮拦的草原。

二世尔依死得比较平淡。一天晚上，他口渴了起来喝水，儿子听到他用桦皮瓢舀水，听见他咕咕噜噜把一大瓢水不是喝，而是倒进胃里。他儿子就想，老头子还厉害着呢，听喝水的声音，就知道他还会活很长的时间。一阵焦灼烧得他双手发烫，只好从羊毛被子里拿出来让从窗棂透进来的风吹着。就在这时，他听见父亲像一段木头，像一只装满面粉的口袋一样倒下去了。倒下去的声音有点沉闷，就在这一声闷响里，陶土水缸破了，水哗啦一声，然后，他听见了鱼离开水时那种吧唧吧唧的声音。当儿子的想，老头跌倒了。但却躺在床上一动不动。不一会儿，一缸水就流得满屋子都是了。屋子小，缸却很大，老头子还在水中不时地蹬一下他那双有风湿的长腿。当儿子的听着父亲蹬腿的声音想，是这个人叫我来到这世上的。屋子里四处水味弥漫，驱散了从他生下来就有的尘土和烟火味，床似乎都在这水汽中漂浮起来了。他又想，我是喜欢当一个行刑人的，喜欢得都有些等不及了。他甚至都没有想说一声，父亲，对不起，你不去我就老干不上喜欢的工作，就在一屋子亮光一样稀薄的水汽里睡着了。

二世尔依就这样去了。跌倒后给水缸里的水呛死了。他用这种方式离开了这个世界，离开了敲打一个人膝盖的纹理纠结的木槌，离开了竖在土司官寨前广场上的行刑柱，离开了那个满是烟尘的小屋。

三世尔依大概是之前的尔依和之后的尔依里最最适合成为行刑人的一个，依据倒不在于说他杀了多少人，而是说他天生就是该从事这种职业的。没有人像他那样对任何一个人都充满仇恨。而且，那仇恨像一只假寐的绿眼睛的猫一样可以随时唤起。说两个细节吧。他的妻子刚侍候他干了男人的事情，他就对着那双代替嘴巴做着幽幽倾吐的眼睛说，我想把它们掏出来，在窟窿里浇上滚烫的酥油。妻子光着身子在他身下惊骇地哭了起来。不懂事的娃娃问，阿妈怎么了。他对儿子说，我只是恨人会长这么漂亮的眼睛。儿子说，那你恨我们的王吗？“王”是土司们的自称。尔依说，恨，要是你早早就想从我手头拿过鞭子的话，看我怎么对付你。他行刑时，总是带着儿子，对孩子说，恨这些杂种，吐，吐他们口水，因为你恨他们。然后才不紧不慢地开始享受工作的乐趣。他知道自己在工作中能得到乐趣。他也知道，在自己的周围，在岗托土司的领地上，并不是随便哪一个人都能从事自己喜欢，并从职业本身就得到乐趣的工作的。因为工作不是自己挑选的，土司们消灭了广泛意义上的奴隶制，对于他认为不必要赐予自由民身份的家奴们则说，这个人适合当铜匠，那个人适合照看牲口，于是，不仅是这个人自己，包括有一天土司配给他的妻子，有一天他会有的孩子，就都成为终身从事这种工作的人了。所以，三世尔依知道，自己有这样的运气那是非常非常不容易的。想到这些，一种几乎就是幸福的感觉像电流一样传遍全身。那时，地位越来越崇高的喇嘛们有一种理论说，天下事是没有任何时候可以十足圆满的。在那个时代充当着精神领袖的人们，那些夜一样黑的灵魂里的灯盏，说，一个圆满的结果要有许多的因缘同时出现，但那样的情况几乎就是不可能出现的。三世尔依也相信这一点。他可能是自有行刑人这个职业以来最有理想的人了，可惜却遇到了一个不大相信律法的土司。这个土司说，那些东西——他是指律法和刑具——是我的英雄的祖先们创造的，我敬爱他们，十分尊重他们留下的所有东西，但是，多么奇怪啊，他们没有发现，鲜花、流云、食物和喇嘛们诵念经文的声音会更令人倾心吗？这个土司当政的时代，内部没有人造反，外部也没有别的土司强大到可以来掠夺他的人口和牛羊，到他的土地上来收割成熟的麦子。这个土司的主要事迹是把前辈留下的堡垒一样的官寨画满了壁画。那是一个浩大的周而复始的工程。先是在五层楼上画了一个专供佛法僧三宝的经堂，一系列的佛陀，一系列帮助成就了那个印度王子事业的阿罗汉们，画上的天空像水泊，树从像火焰。画匠们络绎不绝走在通向岗托土司那个巨大官寨的道路上。路上，到处都有人在挖掘和烹煮黄连龙爪一样的根子，从那里面提取金黄色的颜料。水磨房里石磨隆隆作响，吐出来的不是麦面，也不是糌粑，而是赭色的矿石粉末。至于珍贵的珍珠和黄金研磨成粉的工作则是在官寨里专门的地方进行。画匠们从四面八方来了。藏族人的画匠来了，汉地的画匠来了，甚至从更远的尼泊尔和比尼泊尔还远很多的波斯也来了，和壁画里那些罗汉样子差不多的，秃头虬髯的形销骨立的画匠。最后整个官寨从走廊到大门都是画了。没有画的地方只有厕所和马房。土司是想把这些地方也画上的。只是画匠们和喇嘛们一致进谏说，那样就是对伟大的释迦牟尼和伟大的艺术之神妙音天女的不敬。土司才叫人把已经显旧，有了几个年头的画铲去再画上新的。土司太太说，我们的珍珠，我们的金子都快磨光了，你就停下来吧。土司说，我停不下来了，停下来我还能做什么，没有人造反，也没有人和我打仗，我不画画能做什么。

这时，三世尔依虽然备受冷落但也没有闲着，他生活在一个画匠比市场上的贩子还多的氛围里，整天都看见那些令人目眩神迷的图画，慢慢地变得自己都有艺术眼光了。有了艺术眼光的人，再来打量那些刑具，很是觉得粗鄙可笑，认为只是土司时代之前的野蛮时代的产物。于是，他就想，这些刑具也该改造一下，使其符合这个越来越精细的时代。好吧，他对自己说，就来改造这些刑具吧。

所以，三世尔依是作为一个发明人在历史上享有名气的。

他的第一个发明与其说是发明倒不如说是改良。行刑柱早就有了，在广场上埋得稳稳当当的。可他就能想到在柱子上面雕出一个虎头，一个张嘴咆哮的虎头。虎头里面是空的。那虎头其实就是个漏斗。那时的人犯了事，先不说犯了什么罪行，首先就要绑在行刑柱上示众。三世尔依在行刑柱上的虎头漏斗里装上各种咬人的虫子，它们从老虎头顶上进去，从老虎口里爬出来，恰好落在受刑人头上、颈子里、身上，使他们流血，使他们像放了酵母的面团一样肿胀起来。这刑法用得不多，一个原因是当时的土司不感兴趣，再说，要找到那么多虫子，装满一个漏斗，来叫犯人吃点苦头，行刑人自己首先就要费很多工夫。除此之外，这个尔依的发明还有：

1. 皮鞭，据说以前的皮鞭是从鞣制好的牛皮上转着圈直接划下来的，独独的一根，舞动起来不是蛇那样的灵敏，而是像一段干枯的树枝一样僵死。到他手上，才把皮条分得更细，像女人的辫子那样结出花样。从此，鞭子就很柔软了，用起来得心应手，而且有很好的爆发力；

2. 重量从十斤到百斤不等的十种铁链；

3. 专用于挖眼的小勺和有眼窝一样弧度的剪刀；

4. 用于卸下人体不同部位的各型大刀小刀；

5. 头上带有各种花纹的烙铁。

另外，一些刑具是随时可以得到的，比如，把人沉河用的口袋；再比如，要考验一个有偷窃嫌疑的人的手是否清白的油锅，锅里的油和把油烧烫的柴火，等等。

到这里，行刑人的家世就断了。而且，连土司家世也断了。这部奇特的历史重新开始的时候，离我们今天就没有多少时候了。也就是说，行刑人跟土司他们有好长一段时间从记载里消失了。但他们的脚步没有停下，仍然在时间的道路上向前。终于，他们又从山地里没有多少变化的地平线上冒出头了。他们从史籍里重新探出头来，好多人还在，土司的家族自不待言。行刑人也在。手工艺人们也在。就是记下最初三个土司和三世行刑人事迹的书记官消失了。到最后，连驱逐在远远山洞里居住的麻风病人都出现了，还是不见书记官的影子。这个职位消失了。我终于明白了没有了一大段历史的原因。

历史重新开始的时候，行刑人还是叫作尔依。就像我们不知道岗托土司已经传了多少代一样，也不知道这个尔依是第多少代行刑人了。这个尔依已经有了两个女儿和一个儿子。儿子喜欢说的唯一一句话是：太蠢了。他学说这句话的时候，才刚刚五岁。他说这句话时，多半是对什么事情感到愤怒，或者是害怕了。这句话是他看父亲行刑时学来的。好吧，我们就从这里开始吧。行刑人手拿刀子问受刑的人还有什么话说。行刑人问话时并没有讥讽的口吻。低沉的嗓音里有使人感动的真诚与怜悯。

那个人开口了，他的声音嘶哑，用了好大力气，才像是在对谁说悄悄话。受刑的人说："我不恨你，我手上的绿玉镯子就送给你吧。"然后，他就开始脱那只绿玉镯子。但这个人已经没有力气了。一点力气都没有了。而行刑人是不能去脱人家的镯子的。受刑人要送你东西，那就只好叫他从自己手上脱下来。但那个人他就是脱不下来。每个受刑的人都相信，只要送行刑人一点什么东西，就会少受些痛苦。但这个人却用这种方式延续着自己的痛苦。他已经给吓得没有一点力气了，他脱不下这只镯子，就在那里哭了起来。

这时，风从远处送来了一阵阵清脆的叮咚声。人们都回过头去，望着青碧山谷的入口处。碧绿的树丛和河水都在骄阳下闪闪发光。有一头驴子从庙子那边过来了。这一天，一个叫作贡布仁钦的少年和尚正要出发去西藏深造。少年和尚的光头在太阳下闪闪发光，他从广场上经过时，见到行刑时的情景，不是像出家人那样念一声阿弥陀佛，而是说，真是太蠢了。毛驴驮着他从人群旁边走过时，他连着说了好几声“太蠢了”。和尚还看到了一个女人抱着一个孩子站在人群最外边。那个小孩子用眼静静地盯着他。当他又说了一声“太蠢了”的时候，小孩子也说了一声：“太蠢了。”

和尚走远了，走进了夏日大片明亮的阳光中间。

孩子却还在用十分稚气的声音说，太蠢了，太蠢了。

这时，他父亲已经把那个人杀死了。他用不沾血的那只手拍拍儿子说：“回家去，听话，叫你阿妈给你一块干肉吧。”

儿子还是站在那里。尔依洗了手，把行刑的绳子、刀具、草药收拾到一个小牛皮缝成的包里，挎在自己身上，准备回家了。这时，广场上的人们已经散开了，受刑的人终于还是没有取下那只绿玉手镯。行刑人的儿子看到了，那个玉镯在受刑人倒下时，在地上摔成几段了。那个刚才还在为取不下手镯而哭泣的人，这回安静了。身子倒向一个方向，脑袋滚到了另一个方向。刚才流泪打湿的地方沾上了更多的尘土。

儿子又说了一声，太蠢了。

回到家里，他看看儿子的眼睛，知道自己的儿子从这个时候开始有了记忆了。虽然他是一个行刑人的儿子，但记忆从这样残酷的事情来开始，还是叫人心痛。于是，他带上儿子到了猎人觉巴家里，那里总是有从山里树洞和悬崖上弄到的蜂蜜。猎人舀了一碗，行刑人摇摇头，把些散碎银子放在他面前，猎人就把一只木桶提出来，里面盛满了稠稠的带着花香的蜜糖。行刑人就提了这桶蜜回家，儿子跟在后面，小手不断伸进桶里。行刑人因此而感到心里好过些了。行刑人在土司属下的家奴们中间，是最富裕的。

他的收入来自三个方面：

第一，土司给予家奴的份额：粮食、不多的肉、油脂、茶叶、盐巴、做衣服的皮子和羊毛，偶尔，还会有一点布匹。

第二，行刑人自己该有的收入：被判死刑的人身上的衣物、饰物。衣服不值很多钱，有时碰上一件好的饰物可就说不定了。一般情况下，犯人的家属是不会要求取回这些东西的。有时，还要悄悄送行刑人一点东西，为了受刑人少受些痛苦。

第三，医药：行刑人对人体结构了如指掌，有着精确的解剖学知识。知道每一块骨头在人体上的位置。所以，行刑人同时也是土司领地上最好的外科医生。收入相当可观。

所以，行刑人心痛儿子时，有钱从猎人那里买来整桶的蜂蜜。只有猎人，才能从山里的悬崖上、大树上躲开大群的野蜂的进攻，从蜂巢里取到这甜蜜的东西。土司时代，还没有人饲养蜜蜂。

行刑人的儿子正在那里吃着蜂蜜呢，脑子里没有出现那些嗡嗡叫的蜂群，而是闪过那个年轻和尚骑驴经过时的情景。他咽下一大口蜜，然后说，太蠢了。父亲想问问他知不知道这句话是什么意思，但怕他反而把这话记得更牢，就用拇指挑起一大团蜂蜜，塞住了自己的嘴巴。

灰色的种子

灰色的种子很细小，显出谦逊，不想引人注目的样子。

种子其实十分非凡。因为它跟伟大的宗教一样，是从白衣之邦“呷格”——印度来的。当然，也有一点不一样的地方。宗教是直接就从喜马拉雅翻山过来的。种子不是这样。它先是英国人由“呷格”从海上运到了黑衣之邦“呷那”——中国的汉人地方，再从那里由土司家的二少爷从汉地带回来的。

二少爷是在一次汉藏两地的边界摩擦，和随之而来的漫长谈判后到汉地去的。官方文书上说是为了学习和友谊。一般认为是去做人质。再有一种看法就更奇妙了，认为他到了汉地会给换一个脑子，至于怎么个换法，只有少数的人物，比如土司本人知道是灌输给他们的别的东西。大多数愚民百姓认为是汉人掌握一种巫术，会换掉人的脑子。二少爷去时，是长住在一个既有汉人和尚也有藏族喇嘛的寺院里，学习两种语文和思想。他不知道自己学到了思想没有，但两种文学是学了个大概。最后的两年，那个带他离开家乡的汉人军官又把他带到了军营里。这些军人不打仗，而是在山里播种罂粟。也就是那种灰色的种子。二少爷学会了种植那种东西后，又学会了品尝那种植物的精华。

回到自己的领地上，他对父亲说，自己带回来了一种抚慰灵魂的植物的种子。

罂粟很快成长。

人们也都很快认可那是一种奇妙的植物。如果不是的话，那小小的种子是不可能长出那样高大，那样水灵，叶片那么肥厚而且又那么翠绿的植株来的。那些日子里，人人都在等着它开花。看着风吹动着那一片更加苍翠欲滴的绿色，人们心里有什么给鼓涌起来。聪明的统治者从这点可以看出来，要维护好自己的统治，要么从来不给百姓新鲜的东西，如果给过一次，以后不给，你就要失去人们的拥戴。所谓百姓就是这样一个群体。行刑人尔依也是这群体里的一个。起初，他还是显现出一个行刑人和大家有点不同的样子。

尔依对儿子说，盼什么开花嘛，眼睛是什么，挖出来，还不就是两汪汪水，一会儿就干了嘛。他的意思其实是说，人活着是不该用眼睛去看什么东西的。既然是两汪水，就应像两汪水一样停在那里，什么东西该当你看见，它自己就会云一样飘来叫你看见。但人们一天天地盼着开花。据说，连老土司都对儿子说，你弄来的是一种魔鬼吧，怎么连我也有点心烦意乱，就像年轻时盼望一个久不出现的漂亮姑娘一样。

花却在没有人看见的月夜里开了。

这个晚上，尔依梦见自己正在行刑，过后就醒了过来，他想，那是以前有，现在不兴了的刑法呢。正要再次入睡，听见儿子大叫一声，他起身把儿子叫醒。儿子的头发都汗湿了。儿子说他做梦了，吓人的梦。

儿子说，我梦见阿爸把一个罪犯的胸口打开了。

尔依听了吃了一惊，自己在梦里不正是在给一个人开膛破肚吗。这是一种曾经流传过一百多年的刑法，没有人采用也有一百多年了。他禁不住摸摸自己的头，倒是冷冰冰的没有一点汗水。他把儿子抱紧一点，说，儿子，你说吧，后来怎么样。他之所以这样问，是因为他的梦到要拿起刀子动刑时就没有了。

儿子说，后来，那个人的心就现出来，你在那心上杀了一刀，那个心就开成一朵花了。

月光从窗棂上射进来，照在儿子脸上。行刑人想，自己的祖先何以选择了这么一个职业呢。想着想着，儿子又睡着了。他却不知道罂粟花就在这时悄然开放了。他只是在心里对自己说，任何事情都是不能深想的。于是，把双眼一闭，立即就睡着了。

就在这个花开的晚上，有一个统领着岗托土司的三个寨子的头人疯了。土司下面的基本行政单位的首脑叫作头人。统领三个寨子的头人算是大头人了，一般的头人都只有一个寨子。有三个寨子的头人是备受恩宠的，但恰恰是这个头人疯了。他把一条牛尾顶在头上，完全是一副巫师的打扮。他的样子是神灵附体的样子。神灵一附体，他也就可以对自己说的话不负责任了。他说了很多疯话，都是不着边际的很疯的话。比如他在盛开的罂粟花里行走时，问，是不是我们的庄稼地燃起来了。疯到第三天头上，头人向土司官寨走来，大群的人跟在他后面。岗托土司笑笑，说，还认得路嘛。到了官寨，附在头人身上的神灵就宣土司和土司的儿子来见。大少爷有点不安说，神还晓得我们呀。二少爷说，神不知道，但头人知道嘛。土司就带着两个儿子把头人和附在他身上的神灵迎在了门口。

神人还没有来得及宣旨呢，土司断喝一声："拿下！"

疯家伙就给绑到行刑柱上了。土司又叫一声："叫尔依！"

不一会儿，尔依就到了。土司只说，你是有办法的吧。尔依说，有，只是头人好了以后会怪我。土司说，叫他怪我好了，他一定要想怪谁的话。行刑人把头人插在头顶的牛尾巴取下来，说，得罪，老爷。就把一个火盆放在了疯子面前。招一招手，将来的行刑人就跑过来了。小尔依的脖子上挂着一个一个的小口袋。他把一个袋子递到父亲手上，父亲把口袋打开，往火盆里倒下去，火盆里腾起一股股浓烟。起先，那些烟雾是芬芳的。倒在火里的是一些香料，那是大家都会用的，犯不上叫一个行刑人来做这件事情。行刑人把所有口袋里有驱邪作用的香料都用光了，头人却更加疯狂了。土司说，看看，这个害了我们头人的妖魔有多么厉害。为了我们的头人灵魂得救，他的肉体要吃点苦头了。尔依便把儿子的衣襟撩起来，吊在小尔依腰上还有一圈口袋。里面最最温柔的要算辣椒面。到后来，那些东西把头人身上可能流出来的东西都熏了出来，这就是说，头人身上的孔道里流出来的可不只是你想的眼泪和鼻涕。尔依停了一下，土司说，把你的药用完，把妖魔赶远一点。

头人被人抬回去的当晚就死了。

后来传出话来说，其实头人是听了不好的建议，才假装疯了的。他相信如果假借神灵向土司传旨，自己就会再得到一两个寨子的统辖权，其实就是一个小小的土司了。头人死前散发着难闻的臭味。他留下的最后一句话是，我只要一个寨子，不要更多的寨子，但他明白这个道理实在是太晚了一点。

头人死后，一个寨子留给了他的孀妇。土司说，他们没有儿子做真正的继承人嘛。另外两个寨子就给了不可能承袭土司职位的二少爷帕巴斯甲。大概情形就是这样。这个时代，除了罂粟，还有好些东西的种子在这片土地上萌芽。在行刑人的故事里，我们就以行刑人做例子吧。过去，行刑人杀死的和施以别的刑罚的是偷盗、抢劫、通奸、没有政治意味的仇杀。里面也有些奇怪的例子，比如其中一例是马夫钻到土司的酿酒房里，醉倒在坛子中间，而受到了鞭打。

现在，情形却有所改变。

人们开始因为“疯”而受刑，甚至送命了。

头人是一个例子。贡布仁钦喇嘛也是个例子。这个人就是十年前离开这里到西藏去学习经典的那个人。现在他回来了。那么年轻，那么有智慧，土司曾花了银子送他到处游学，后来他想写书，土司叫他在庙里写书，可他的书上半部分还是好端端的，下半部分却说现在居住的这个庙子的规律、教义，加上自己这本书前半部分的理念都是错的，都不符合佛教东来的意旨。他说，只有在土司的领地上才还有一个如此老旧、邪妄的半佛半巫的教派。所以，必须引进那个叫作格鲁巴的新兴教派，才能在这片土地上振兴佛法，维持宗教应有的纯洁性。贡布仁钦在书中提到的一切都是对的，也并不是什么特别深奥的道理。但他唯一没有考虑到的一点是，任何一个教派如果过于纯洁，就必然会赢得更多的尊崇，就会变得过于强大。强大到一定程度就会想办法摆脱土司的控制，反过来，把土司衙门变成这个教派在一个地区的世俗派出机构。这样的情形，是任何一个土司也不会允许出现的。

土司刚刚惩处了那个头人，趁着广场上刺鼻的烟雾还没有散尽，便把那个贡布仁钦召来说话。

谁也不知道土司和曾受自己资助到西藏学经的人谈了些什么。他们谈了好长时间。后来，把土司家庙里的主持岗格喇嘛请去再谈，三个人又谈了好长时间，也没有人知道三个人在一起谈了些什么。官寨周围的人好像知道这三个人到了一起，就要有什么重要事情发生，都聚集到官寨前的广场上。广场一边，核桃树阴凉下坐满了人。行刑人也带着自己的儿子在广场的另一边，靠着行刑柱坐着。他们终于从房里出来了。行刑人看到两个喇嘛从官寨上下来时，年轻的贡布仁钦脸变青了，眼睛灼灼闪亮。而庙里的主持岗格喇嘛脸红得像鸡冠一样。两个喇嘛一前一后从楼上下来，土司站在高处，俯视着他们，脸上却没有一点表情。

两个喇嘛从官寨子里出来了。贡布仁钦在包着铁皮的门槛上绊了一下。人们听见岗格对贡布仁钦说：“要我扶着你吗？”

贡布仁钦看了自己去西藏前的老师一眼，说：“我不害怕，我是为了真理。”

老喇嘛叹了口气说：“孩子，一个地方有一个地方的真理。”

这时，两个喇嘛已经走到了两个行刑人身边。小尔依又像多年前一样，听见贡布仁钦叹息了一声，说：“太蠢了。”

小尔依突然扯住贡布仁钦的袈裟说：“我认出你来了。”

贡布仁钦回过头来说：“好好认一下，不要忘了，有一天，土司和我的老师会把我交到你们手上的，是交到老的手上，还是小的手上，我就不知道了。”

小尔依低下头说：“太蠢了。”

贡布仁钦听出来了，这是他十多年前去西藏学经时，看见行刑人对一个匠人用刑时的那声叹息。也是刚才他从官寨门里出来时的那声叹息。他十多年前的那一声叹息是悲天悯人，后一声叹息却复杂多了，在有权势的土司、昏庸的岗格喇嘛和狂热的自己，这三者之间，他自己都不知道，那一声叹息里，对谁含有更多的悲怜。但这个将来的行刑人，也就是自己当年骑着毛驴到西藏学经的年龄吧，却一下就把那么多复杂的意思都叹息出来了。贡布仁钦认真地看了小尔依一眼，张了张口，却始终没有说出什么话来。小尔依也张了张口，也没有发出一点声音。既然专门靠嘴巴吃饭的喇嘛都说不出话来，又怎么能够指望一个靠双手吃饭的行刑人说出什么来呢。

那次漫长会谈的结果，土司的结论和土司家庙里的岗格喇嘛一样，说由他资助派到西藏深造的贡布仁钦喇嘛疯了。于是，他就被逐出了寺庙。

看来这个贡布仁钦真是疯了。他住进山上一个岩洞里继续写书。他不近女色，只吃很少一点食物。也就是说，他太像一个喇嘛了，比住在庙里的喇嘛们还像喇嘛。这样的人不被土司喜欢，也不被土司家庙里的喇嘛们喜欢，但这种人却是叫百姓喜欢的。通往贡布仁钦居住的山洞的路上，行人一天天多了起来。土司说，这个人再留在山上，对我们是没有什么好处的，还是叫尔依把他请到山下来吧。现在，岗格喇嘛看见哪个年轻人过分执着于教义和戒律，就说，天哪，你的脑袋会出毛病的，看看，草地上的风那么新鲜，去吹一吹吧。而他自己也是经常到河边的草地边上的树丛里去的。岗格喇嘛的头发都已经花白了，但他像个年轻人一样。不久，一首打麦歌就有了新词，在岗托土司的领地上传唱了。

打麦歌，本来是秋天里打麦的时候才唱的。因为鲜明有节奏，还加上一点幽默感，不打麦的时候人们也唱。有关岗格喇嘛的这一首，在离第一个收割月还有一次月亮的盈缺的时候突然开始流传。

歌词是这样的：

岗格喇嘛到哪里，嚓
他到漂亮的姑娘那儿去，嚓嚓
河边的鸟儿真美丽
它们的尾巴好整齐，嚓嚓

土司听了这首歌只是笑笑，没有说什么话。直到有人问起他要不要惩处这个岗格，他十分愤怒地问：喇嘛就不是人吗？喇嘛也是人嘛。这个想邀宠的人又问，要不要禁止百姓们歌中嘲讽岗格。土司叫道，难道想叫人们说我是个暴君，老百姓交了税，支了差，可我连他们唱唱歌都不准吗？那人退下去，土司还是气愤得很，他说，替我把这个人看着点，他是怕我的百姓不听岗格的话。你们听着，我只要百姓们听我的话。不然，我的行刑人就有事干了。

行刑人却不知道这些事情，在家里研磨一种可以止血，还有点麻醉作用的药膏。突然听到儿子唱起那首新歌，幽默的歌词很适合那种曲调，行刑人听了两遍就笑了。听到第三遍就垮下脸对着儿子一声断喝："住口！这歌是你唱的吗？！"

小尔依并不张皇失措，直到把重复部分都唱完了，才说："人人都在唱嘛。"

行刑人说："喇嘛是不能嘲笑的。"

儿子说："那你怎么把那个贡布仁钦的舌头割了？"

行刑人一下捂住了儿子的嘴巴，说："你说，是谁割了贡布仁钦的舌头？！"

儿子想了想，说："原来是我梦见的。"

行刑人抬头看看天空。天空还是从前的样子，那样高远地蓝着，上面飘动着洁白的云彩。看看包围着谷地的山冈，山冈还是像过去一样或浓或淡地碧绿着。只是田野和过去不大一样了。过去这个时候，田野里深绿的麦浪被风吹送着，一波波从森林边缘扑向村庄。现在，却是满目的红色的罂粟花，有风时像火一样燃烧，没有风时，在阳光下，像是撕了一地的红绸。美，但不再是人间应有的景象。特别是那花香，越来越浓烈，使正午时分带着梦魇的味道。坐得太久，双脚都发麻了，行刑人拐着脚走到枧槽前，含了一大口水，又拐着脚走回来，"噗"一下喷在了儿子脸上。儿子脸上迷离的神情消失了，但还是认真地说：“我真是梦见了。”

行刑人沉思着说：“也有可能，他的舌头叫他说了那么多疯话！”

“岗格喇嘛的腿叫他到不该去的地方去了，土司怎么不叫你去砍他的腿。”

行刑人就无话可讲了。他只是感到，这个世界上正在出现的东西都和过去不一样了。不要说那种灰色种子带来的花朵，就是喇嘛、土司也跟以前想的不大一样了。他觉得人们心中也有了些灰色的种子，谁又能保证这些种子开出的全部都是美丽的花朵。

那首关于河边孔雀的歌唱得更厉害了。土司才说，这些女人，连喇嘛都可以勾引，该管一管了。当天，就把一个正和岗格幽会的女人抓来，绑在了行刑柱上。岗格则在有意的疏忽里溜掉，跑回庙里去了。尔依听到这个消息，就和儿子一起准备刑具。无非也就是鞭子，熏除污秽的药粉，用来烙印的铁图章。儿子不知道选哪种图案，尔依说，最好看的那种。果然，有一枚铁图章上是一朵花，它是一种细小的十字形花朵。在岗托土司的领地上，有着很多这样的花朵，很美，有毒，摸上一把手就会肿起来。

广场上的喧闹声一阵比一阵高，一阵比一阵急切，老尔依并不是个愤世嫉俗的人，但他是父亲，更是专门在惩办罪恶的名义下摧残生命这一特别职业的传承者。他是师傅，必须传授专业技能和从职业的角度对世界和人生的基本看法。

他说："他们是在盼着我们脱下她的衣服。"

儿子说："我们脱吗？"

父亲耸耸肩头说："那要看土司是怎么判决。不是我们说了算。但是，这个人是有点冤枉的，该受刑的是另一个人。"他又进一步告诉儿子，还有冤枉被杀头的例子呢。儿子却把脸转向了围观的人。这时，土司的命令下来了。剥了衣服接受鞭打。在前胸上留下通奸者的烙印。

尔依把女人的衣袖一脱，衣服一下子就塌到腰肢，一双乳房像一对兔子出窝一样跳进了人们眼帘。人们大叫着，要行刑人解开她的腰带，这样，那衣服就会像蛇蜕一样堆积到脚背上，这个污秽女人的身体，而不是罪过就要赤裸裸地暴露在天空下面。尔依没有理会。那女人说话了，她的声音因为恐惧而颤抖，她要行刑人把她手上的戒指脱下来，作为行刑人好心的报答。行刑人立即遵嘱照办。然后说，对不起姑娘。手里的鞭子发出了啸叫声。不管行刑人的心情如何，鞭子一旦挥舞起来，那声音听着总是很欢快的。中间夹上一声两声受刑人啊啊的叫声，竟然有点像是一种欢呼。鞭打完毕，行刑人对汗水淋淋的女人说，我收了你的戒指，鞭打不会留下伤疤，但这个东西会的。边说，烧红的烙铁就贴到她胸上了，女人又用很像欢呼的那种声音尖叫了一声。行刑人把烙铁从她皮肉上揭下来时，女人已经昏过去了。儿子口里含着一大口水，向受刑人喷去，因为个子还矮，水都喷到了女人肚子上。围观的人们一阵大笑。恼怒的小尔依便把一大瓢水一齐泼到了那女人的脸上，女人呻吟着醒过来了。行刑人帮她穿衣服时，她又叫了几声。因为是对通奸的人用刑，刑具被污秽了，要用芬芳的药末熏过。白色的烟雾升起来，人群就慢慢散开了。

父亲对儿子说："刚才你那样生气是不对的。行刑是我们的工作。但我们不恨受刑的人。"

儿子受到耻笑的气还没有消呢。这句话勾起了他对父亲的怨恨。父亲有着高高的个子，当他在空旷的广场上行走时，那身子总是摇摇晃晃的。叫人们认为，行刑人就是该这样走路。行刑人的儿子十四五岁了，却没有这个年纪该有的个头。作为行刑人的儿子，他已经忍受了很多。但他不想为了个子而受到人们的耻笑。父亲又说了句什么，他并不理会，跑到孩子堆里去了。行刑人因此又想到那种灰色的种子，不知道它会开出什么样的花来。

再一次行刑是一个铜匠。

这家伙没有得到指令，私刻了一枚土司图章。这是一种有手艺的人利用其手艺可能犯下的严重罪行之一，当然就会受到与之相配的刑罚的惩处。审问这个家伙，他说并没有什么目的，只是一时技痒就刻下来的。刻了也不收捡，给去送活的人看见，被告发了。这一回，老土司不知出于什么目的，把要继承土司位子的大儿子和不会当上土司，而且已经是头人的二儿子也叫来，问他们该如何惩处。将来的土司因为这个十分愤怒，他说，重重地惩处。帕巴斯甲头人却说，没有必要，犯了哪条，就依哪条。哥哥对弟弟说，你不要管，那图章现在不是，将来也不是你的。弟弟说，为了那个图章，你该知道给你留下图章的先人留下的规矩。确实，那时的刑罚条款没有现在这样的因为主观因素加重或减轻的可能。犯了铜匠这种罪行，两条：一条，你的手刻出了那尊严的字样，砍掉；二条，你的眼睛又看见了这种字样，挖掉。所以，弟弟在父亲面前对哥哥说，你的愤怒会激起人们无端的仇恨。你做出一副笑脸，那人也会失去一样多的东西，人们还会说你仁慈，从此开始颂扬你呢。说完，他就告退回自己的领地去了。他的土地上，罂粟要开始收获了。老二走后，父亲对老大说，要是你有你弟弟的脑子，我们的江山就会万无一失。因为这句话，将来的土司在行刑那天没有出现，而是在楼上把自己灌醉了。

尔依和儿子为从哪里开始而争执了几句。

父亲说，先是眼睛，那样他就不会看着自己的手给砍掉。儿子却说，那你就违背了伟大土司制定刑罚的意义。它就是要叫人害怕，叫人痛苦。父亲说："我的儿子，你才十五岁。"

儿子说："你老是说我的虚岁。"一边把铜匠的手牵到木砧上摆好。小尔依不等老子下命令，便把长刀砍了下去。刀子刚刚举起来，人们的尖叫声就把耳朵胀得快炸开了。小尔依把刀砍了下去，听到一声更尖厉的叫声从这片声音里超拔而起，到高高的阳光明亮的空中去了。回过头来，看见那只手在地上跳个不停。而那个没有了手的家伙还用那手仍在自己身上的那种眼光定定地看着它。那手就像有生命一样，在雨后的湿泥地上，淌着血，还啪啪嗒嗒地跳个不停呢。行刑人的经验告诉他，铜匠还在想着他的手，那手还没有脱开主人的脑子。就对铜匠说，它已经和你分开，就不要再想着它。痛的是你的手腕，而不是你的手。铜匠说，是啊，你看，它落在地上，泥巴把它弄脏了。

那手立即就倒在地上不动了。

铜匠声音嘶哑，对行刑人说："是一只巧手啊，我把它害了。"

人群里有人大声喊叫，问铜匠这时还有什么说的。行刑人大声说："他说自己把自己的手害了！"人们听了这话就欢呼起来。小尔依说："他们喊什么，太蠢了，太蠢了！"当父亲的一看，他的脸那么苍白，嘴唇不停地颤抖。他想，儿子其实并不是他平常表现出来的那么坚定。他心痛地想，毕竟是个娃娃，他还是会害怕。他说："不要害怕。"

儿子想笑笑，但淋淋的汗水立即就从脸上下来了。他给儿子喝了口酒。

酒喝下去，儿子说："好了，总会有这一天的是吧。"话是说得在理，但嗓子却像好多天没有喝水一样嘶哑。

父亲摸摸儿子的头，又去准备进行下一道刑罚。看着儿子那样子，他想起自己杀第一个人时，前两刀没有奏效，到三下那脑袋才掉到了地上，要是再要一刀的话，他肯定会从那里逃跑的。这时，他心里恨死了那个自己主动当岗托家行刑人的祖先。如果有人应该受到诅咒，这个噬血的人是应该受到这种诅咒的。他没有问儿子要不要回家，如果要见，那么一次见两种刑罚比下次再看要好受些吧。好在铜匠又痛又吓，已经昏了过去。受刑人被放倒在一块宽大的厚木板上，肚子上压着一个又一个装满沙子的口袋。只见那人的嘴慢慢张开，眼睛也鼓出来，像水里的鱼一样，大半个眼珠都到了眼眶的外面。尔依回身时，儿子已经站在身边，把酒和勺子递到他手上。行刑人先把酒喷在眼睛上，周围眼眶猛一收缩，那勺子就奔眼底下去了。再起来时，眼珠就在勺子里了，剩下点什么带着的，用祖先早就发明出来的专门的剪刀一下就把那些最后一点脆弱的联系切断了。小尔依马上就把烧好的滚油端来，慢慢地淋到空眼窝里，这最后一道手续是为了防止腐烂。小行刑人在腾起的油烟里呕吐了。好在行刑结束了。这下，铜匠就只有一只手和一只眼睛了。尔依见他家里人来背他，就给他们些药，说，有这些药，他不会死的。他又对着他们朝着他的背说，你们恨我吧，行刑人就是叫人恨的，要是恨我能使你们好受一点你们就恨吧。说完，就和儿子一起回家了。

回家喝点热茶，儿子又吐得一塌糊涂。直到请了喇嘛来念了经，用柏枝把他周身熏过，又用泡过饱满麦子的水在头上淋过，第一次行刑的人才十分疲倦地长长吐几口气，翻过身去睡着了。

行刑人对妻子说，还要夺过一个人的命才算完呀。女人就哭了起来，说，谁叫我看着你可怜就嫁给你，不然，我的儿子就不会受这样的煎熬！行刑人说，给我倒碗茶。女人倒了茶，尔依又说，你不嫁给我，土司也要从家奴里配给我一个的，想想吧，他会叫自己没有行刑人吗？好了，我也该来两口烟了。你说是吗？这烟是罂粟里提出来的。那灰色种子开出了艳丽的花朵，花朵结了果，果子里分泌出白色的乳汁，乳汁再经过制作，就是使人乐以忘忧的宝贝。不要说行刑人喜欢它，就是家里的老鼠们都一只一只跑到尔依经常吸烟的地方上头的屋梁上蹲下，等着行刑人牙缝里漏出一点。就那么一点吸进肚子里，也会叫它们把鼠族的恐惧全部忘掉。

贡布仁钦的舌头（一）

小尔依醒来时，只觉得口里发苦，便起身喝了一大瓢水。口里还是发苦，便出门，对着枧槽大口大口地喝起来，水呛得他像一头小马一样喘了起来。他拍着胸口大声说：“我要上山去，我要去拜望贡布仁钦喇嘛。”

四周大雾弥漫，什么都看不清楚，他的话给湿漉漉的雾气吞下去了。他自己也走进了浓雾之中。

他并不知道通向被放逐的贡布仁钦居住的山洞的道路。但用不着担心。那么多人上山，把青草和小树都踩倒了，仅仅一个夏天，山里就出现了一条新的道路。沿着这条路走了没有多久，小尔依就从山谷里的雾气里走了出来，看到苍翠的群山峭拔在云雾之上。初升阳光使眼前的露水和山峰积雪的顶巅闪闪发光。草丛下的泥土散发出浓烈的气息。

太阳升起来，阳光使山谷里的雾气向山上升腾。尔依又一次被云雾包裹起来了。雾气嗖嗖地从他身边掠过，往高处飞升。他觉得自己往上行走的脚步也加快了一些。雾气继续上升，他就可以看到山下的景象了。田野和森林之间，曲曲折折的河水闪闪发光。河岸的台地上，是岗托土司家高大的官寨，俯伏在其四周的，是百姓和奴隶们低矮的房子。尔依把眼光从山下收回来时，看见一堵赭色的山崖耸立在面前。他抬起头来，看见贡布仁钦披垂着一头长发坐在山岩上向他微笑。

他的声音在这山里显得十分洪亮：“我正在等一个人，原来是你！”

尔依仰着脸说：“你真知道我要来吗？”

“我不知道是你要来，反正我知道是有人要来，来带我下山，土司肯定觉得我的话太多，要对我下手了。”

尔依说：“我昨天对人用刑了，砍掉了铜匠的手，我心里难过。”

贡布仁钦的脸出现了失望的神情。起身从崖顶走了下来，走到了和地面平齐的洞口前。他对着尔依笑笑说：“平时，我都是从那高处对人们说话的。他们都在山上踩出一条路来了吧。他们有什么事情都来问我。”

尔依说：“我也是来问你，行刑人对受刑人要不要仇恨，只有仁慈怎么对人下手？”

贡布仁钦说：“已经是三天没有一个人来了，肯定土司已经下了禁令了，你真的不是来抓我下山去的吗？”

尔依摇了摇头。

贡布仁钦吐了口气说：“我累了，我不想说什么了，一个疯子的话有什么价值呢。”他见将来的行刑人不说话，就说，“来吧，看看我住的地方，还没有一个人进来过。土司要对我下手了。好在我的书已经写完了，今后，你要告诉人们，这山洞里藏着一个疯子喇嘛的著作。”他从洞壁上取下一块岩石，里面一个小洞，洞里面是一个精致的匣子，贡布仁钦的书就在那里面。他说：“你看清楚了，我的书在这里，将来有人需要时，你就告诉他们在什么地方。”

“我怎么知道谁真正需要？”

贡布仁钦笑笑，说：“不要担心，到时候你就知道了。”洞里很干燥，也很整洁，贡布仁钦把藏书的小洞口封上时，尔依听到山洞的深处传来清脆的滴水声。贡布仁钦说：“是的，是水，是水的声音。我的书有一天也会发出这样的声音。”

两个人又回到了洞口，在太阳底下坐了好些时候，谁都没有开口说话。尔依好像也忘了要贡布仁钦回答他的问题。这时，从山下升到山顶的云雾完全散尽了，天空深深地蓝着，静静地蓝着。太阳把两个人晒出了一身汗水。尔依站起身来，说：“我要回去了。”

贡布仁钦笑笑说：“你还会回来的。”

尔依没有说话。

贡布仁钦又说：“往天，我正在岩顶对跪着的人们说话呢。带着从洞里打的一罐水，水喝完了，就下来，回洞里写书，也不管那些人听懂没有，也不管他们还想不想听。”

尔依笑了笑，转身下山去了。

尔依走到半山腰，就看见父亲弓着背，正吃力地往山上爬。

贡布仁钦说对了，土司再不能容忍他像个天神一样对他的子民宣扬他知道这个世界的真谛。叫行刑人上山把他抓下来。尔依在最陡峭的一段山路中央坐下，正是他刚刚看见的贡布仁钦坐在山崖顶上的那种样子。老行刑人继续往上走，直到面前出现了一双靴子，才抬起头来。儿子带着笑意说："你不需要来找我，我不会怎么样呢。"

父亲说："我走时，还以为你正在睡觉呢。"

"你不是来找我的。"

父亲把气喘匀了，说："不是，不是来找你的，我以为你还在床上睡觉。"

"他真是说准了。"

"谁？"

"贡布仁钦，他说土司今天会派人来抓他。"

"他住得也太高了。"

"住得再高也没有什么用处，还不是要被土司派人抓下山去。"

"你想得太多了，行刑人的脑子里用不着想那么多。"

儿子对父亲说："你爬不动了，还是我上山去请贡布喇嘛下山吧。"父亲看了儿子一眼，没有说话，从腰上解下令牌交给儿子。还是儿子对父亲说："放心吧，我不会放他跑的，再说，他也不会跑。”父亲就转身下山了。这时，儿子对走到远处的父亲喊了一声：“土司叫我们杀他的头吗？”

父亲回过身来，吐出舌头，在上面做了一个切割的动作。土司是要割掉这个人的舌头，他说了许多不该说的话。好在，他的话太深奥了，并没有多少人是认真听懂了的。

远远的，尔依看见贡布仁钦又坐在崖顶上去了。便对他挥起了手里土司家骨头做成的令牌。贡布仁钦也对他挥了挥手。尔依心里悠然升起了一股十分自豪的感觉。一种正在参与重大事情，参与历史的那种庄重的感觉。便加快步子向上走。大概只隔了两个时辰，两个人又在山洞口相会了。尔依想，虽然没有人看见，还是要叫事情显得非常正式，便清了清嗓子，准备说话。结果，却被贡布仁钦抢了先，他说：“我说过是你来抓我嘛。”

“我是在下山的时候得到命令的。”

“我喜欢你。还没有砍过头吧，我算你的第一个好了。”

“土司不杀你的头，他只是不想你再说话了。”

尔依看到，贡布仁钦的脸一下就白了，说：“我的书已写完了，叫他杀了我吧。我不怕死。”

“但你怕活着被人割去舌头。”

贡布仁钦的脸更白了，他没有说话，但尔依看见他在口里不断动着舌头。直到开步下山，那舌头还在他口里发出一下又一下的响声，像是鱼在水里跃动的声音一样。下山的这一路上，贡布仁钦都在口腔里弹动他的舌头。弹一下舌头，吞一口口水，再弹一下舌头，再吞一口口水。直到望见土司官寨的时候，他的口里就再也没有一点声音了。

老行刑人在下山的路口上等着他们。他手里提着铁链，说是上山的时候就藏在草丛里的。

依规矩，贡布仁钦这样的犯人要锁着从山上牵下来。西下夕阳血红的光芒也没有使贡布仁钦的脸染上一点红色。他的脸还是那么苍白，低声问，就是现在吗？行刑人说，不，还要在牢里过上一夜。贡布仁钦说，是的，是的，土司肯定要让更多的人看到行刑。

贡布仁钦拖着铁链行走得很慢。

人们都聚集在路口，等待他的到来，但他再没有对这些人说什么。这些蒙昧的人们不是几句话就可以唤醒的。再说，他也没有想到过要唤醒他们。他们上山来，那是他们的事。他是对他们大声说话来着，但他并不管他们想听什么或者说是需要听什么，他只是把自己脑子里对世界的想法说出来罢了。贡布仁钦试过，没有人的时候，怎么也说不出话来，只能书写，所以，一有人来，他就对他们讲那些高深的问题。他拖着哗哗作响的铁链走过人群，他们自动让开一条道路。最后，大路中央站着土司和他的两个儿子，挡住了去路。这片土地上最最至高无上的岗托家的三个男人站在大路中央，一动不动，看着贡布仁钦的脸。贡布仁钦没有说话，见他们没有让路的意思，就从他们身边绕过去了。这时，土司在他身后咳了一声，说："你要感谢二少爷，我们本来是打算要你的命，但他说只割下你的舌头就行了。"

贡布仁钦站了一下，但终未回过身去，就又往前走了。

行刑人看着贡布仁钦下到了官寨下层的地牢里，才慢慢回到家里。尔依担心晚上会睡不着觉，但却睡着了。可能是这一天在山里上上下下太辛苦了。早上醒来，父亲把刑具都收拾好了。官寨前的广场上，早已是人山人海。老行刑人在行刑柱前放下刑具，对儿子说，你想去就去吧。尔依就到牢里提受刑人。牢里，一个剃头匠正在给贡布仁钦剃头。好大一堆长发落下，把他的一双脚背都盖住了。土司家的二少爷也在牢里，他斜倚在监房门口，饶有兴味地看着贡布仁钦。二少爷看来心情很好，他对尔依说，不要行礼，我只是趁贡布仁钦的舌头还在嘴里，看他还有什么疯话要说。贡布仁钦却没有跟少爷说话的意思。他已经从最初的打击下恢复过来了。脸上又有了红润的颜色。终于，最后一绺头发落下了头顶。他抬起头来，对尔依说："走吧，我已经好了。"

他把铁链的一头递到尔依手上。二少爷说："你一句话也不肯对我说吗？是我叫你留下脑袋，只丢一根舌头。"

贡布仁钦张了张口，但他最终还是把到了嘴边的话咽了回去，笑了笑，走到尔依前头去了。这一来，倒像是他在牵着行刑人行走了。到了行刑柱前，老行刑人要把他绑上，他说："不用，我不用。"

老行刑人说："要的，不要不行。"

他没有再说什么，就叫两个尔依动手把他绑上了。他问："你们要动手了吗，快点动手吧。"

行刑人没有说什么，只抬头看了看坐在官寨面向广场骑楼上的土司一家人。贡布仁钦也抬起头来，看见那里土司家的管家正在对着人们宣读什么。人群里发出嘈杂的声音，把那声音淹没了。接着，土司一扬手，把一个骨牌从楼上丢下来。令牌落在石板地上，立即就粉碎了。人群回过身来，向着行刑柱这边拥来。行刑人说："对不起，你还有什么话就说吧。"

尔依把插着各种刀具的皮袋子打开，摆在父亲顺手的地方。他看见贡布仁钦的脸一下就白了。他哑着嗓子说："我想不怕，但我还是怕，你们不要笑话我。"说完，就闭上眼睛，自己把舌头吐了出来。尔依端起了一个银盘，放在他下巴底下。看到父亲手起一刀，一段舌头落在盘子里，跳了几下，边跳就开始变短。人群里发出一阵尖叫。尔依听不出贡布仁钦叫了没有。他希望贡布仁钦没叫。他托着盘子往骑楼上飞跑。感到那段舌头碰得盘子叮叮作响。他跑到土司面前跪下。把举在头上的盘子放下来。土司说："是说话的东西，是舌头，可是它已经死了。"尔依又托着盘子飞跑下楼。他看见贡布仁钦大张着鲜血淋漓的嘴巴，目光跟着他的步伐移动。父亲对儿子说："叫他看一眼吧。"尔依便把盘子托到了受刑人的面前。舌头已经缩成了一个小小的肉团，颜色也从鲜红变成乌黑。贡布仁钦在这并不好看的东西面前皱了皱眉头，才昏了过去。直到两个尔依给他上好了药，把他背到牢房里，在草堆里躺下，他也没有醒来。父亲回家去了。尔依还在牢里多待了些时候。虽说这是一间地下牢房，但因为官寨这一面的基础在一个斜坡上，所以，通过一个开得很高的小小窗口，可以照进来一些阳光，可以听到河里的流水哗哗作响。狱卒不耐烦地把钥匙弄得哗哗响。尔依对昏迷中的贡布仁钦说："我还会来看你的。"说完，才慢慢回家去了。

灵魂的药物

每到黄昏时候，尔依心里就升起非常不安的感觉。

在逐渐变得暧昧模糊的光线里，那些没什么事做的人，不去休息而困倦的身体，毫无目的地四处走动。这些人在寻找什么？再看，那些在越来越阴沉的光线里穿行的人竟像鬼影一般漂浮起来。

这种情形从罂粟花结出了果子就开始了。果子里流出乳汁一样的东西，转眼又黑乎乎地，成了行刑人配制的药膏一样。就是那种东西在十六两的秤上，也都是按两而不是论斤来计算的。帕巴斯甲把那些东西送到他以前生活的汉人督军那里，换来了最好的快枪、手榴弹和银子。第二年，罂粟花就像不可阻遏的大火熊熊地燃到了天边。要不是土司严禁，早就烧过边界，到别的土司领地上去了。再一次收获下来，岗托土司又换来了更多的银子和枪械，同时，人们开始享用这种东西。也就是从这个时候开始，黄昏成了一天中最美好的时光。如果是有细雨或飞雪，那这个黄昏更是妙不可言。这都是因为那叫作鸦片的药膏一样的东西的功劳。正像土司家少爷带着灰色种子回来时说的那样，它确实是抚慰灵魂的药物。

它在灯前细细的火苗上慢慢松软时，心里郁结的事情像一个线团丝丝缕缕地松开松开。它又是那么芬芳，顺着呼吸，深入到身体每一个缝隙，深入到心里的每一个角落。望着越来越暗的光线，越来越远的世界里烟枪前的那一豆温馨灯光，人只感到自己变成了蓬松温暖的一团光芒。

行刑人一接触到这种药膏就很喜欢。特别是他为儿子的将来担心时，吸上一点，烦恼立即就消失得干干净净。他吸烟时，儿子就待在旁边，老鼠们蹲在房梁上，加上灯光，确实是一幅十分温馨的家庭图景。尔依看到如豆的灯光在儿子眼中闪烁，就说，你会成为一个好的行刑人的。我们动作熟练、干净，对行刑对象的尊重和行刑后的药物就是行刑人的仁慈。

儿子问："仁慈该有多少？而且，要是没有一点仇恨，我是下不去刀子的。我要有仇恨才行。但那并不妨碍我把活干好。那样我就没有仁慈了吗？"行刑人是想和儿子讨论，但一下就变成了传授秘诀的口吻。儿子也总是那种认真但没有多少天分的口吻。他问道："那么行刑时要多么仁慈？"

儿子还问："真的一点仇恨也不要吗？还是可以要一点点？"

这样，话题就没有办法再进行下去。父亲问儿子："抽一口吧？"儿子知道父亲这是将自己当大人的意思，但还是摇摇头。这又是叫父亲感到担心的：这个孩子总要显得跟人不大一样。再一个叫父亲感到担心的是，这个孩子老是去看那个对自己对别人都很苛求的没有舌头的贡布仁钦。他知道那个人不能开口说话，儿子也不识字，那两个人在一起，能干些什么呢。行刑人想问问儿子，好多次话到嘴边又咽了回去，他知道儿子不会好好回答。这天也是黄昏时分，来了两个衣裳穿得干净利索的人。行刑人的房子在隔土司官寨和别的寨子都有点距离的地方。也就是说，它是孤立的。房子本身就是行刑人的真实写照。行刑人说，是远行的人啊。来人说，我们很像远行的人吗？行刑人说，我们这个地方，凡是岗托土司领地上的人都不会在这个时候走进我的屋子里来。来人立即捂住嘴问，是麻风病人吗？小尔依的眼睛闪出了开心的光芒，说，不，我们是行刑人尔依家。来人就笑起来，说，那有什么关系，我们也不是没有杀过人，只是没有人给我们这种封号罢了。两人重新坐下，从褡裢里取出了丰富的食物，请行刑人和他们一起分享。老行刑人还在刚吸完鸦片后氤氲的氛围里，加上人家对自己是行刑人毫不在意，立即就接受了客人的邀请。

儿子冷冷地说："我是不要的。"

来人说："这个小行刑人，做一副吓人的样子，没有犯你家土司的法你不能把我们怎么样的。你们杀人要土司下令，我们要想杀谁是不用去问谁的。"

老行刑人说："我还没有看到过不要动刑就说自己是强盗的人。"

儿子说："那是因为他们不是强盗，至多是飞贼罢了。"

来客说："如果我们顺便也做你说的那种人的话，也没有人能有我们什么办法。"

小尔依突然扑上去，一双手把其中一个人的脖子卡住了，说："不粗嘛，跟粗点的手差不多，一刀就砍下来，要是我来砍，肯定不要两刀。"那人摸摸脖子，长吐了一口气。小尔依又对不速之客说："我是岗托土司将来的行刑人，但我现在也帮助父亲干活。"

起初很嚣张的家伙又摸了摸脖子，说："和我们有什么关系？"

将来的行刑人说："有，好多人都来这儿找我们土司的罂粟种子，我看你们也是为这个来的。”又说，“好东西是不能轻易得到的，你们小心些好。”他又吩咐母亲，“给我们的客人把床铺软和些，叫他们晚上睡好。他们就不会半夜起来。”

来客对行刑人说：“你儿子会是一个好的行刑人。”

当父亲的说：“难道我就不是？”

两个家伙在行刑人家里一住就是三天。

尔依第二天就找到二少爷帕巴斯甲，报告两个奇异来客的行踪。帕巴斯甲说，我不是土司，你为什么不去告诉我父亲和我的哥哥。行刑人说，因为那种子是你带回来的。头人笑笑，说，我带回来的也要献给我们的土司，难道你不想有好东西献给土司做礼物？尔依说，因为他知道那个没有舌头的喇嘛是头人救下来的。

头人问：“你有多大年纪了？”

回答说：“十五岁。”

“在这片土地上，一个人十五岁就懂这么多事，危险。”

“我只是看到了两个晚上不睡觉的人。”

“我们对上门的客人都是欢迎的，你却在怀疑他们，要是我是土司就叫行刑人把你杀掉！好吧，你就说我的头人寨子里有那神奇的种子。今天晚上叫他们到我这里来，我就会把他们抓住的。”

头人又说，天哪，有些事情一开始就不会停下来的。尔依不明白那是什么意思。他从头人那里离开，想想两个怪客肯定还在睡觉，就往牢里贡布仁钦那里去了。喇嘛栖身的牢房看上去干燥而且宽敞，不像别的牢房那么潮湿阴冷。贡布仁钦整天坐在草堆里，坐在高高的窗子下面看书、思想、书写。他的头发长得很快，已经长到把脸全部盖起来了。尔依照例倾吐他的，喇嘛照例一言不发。尔依先说的都是以前那一些。什么自己对杀人还是害怕的。正是因为害怕，才盼着早点过那个关口，盼着土司的土地上出点不得了的事情。他说，父亲认为，没有仇恨就可以杀人，甚至还可以怀着慈悲的心情去杀人，但自己不行，除非对那些人充满仇恨。这是一个新的话题，喇嘛这才把披垂在脸上的长发撩起来，认真看了这个将来的行刑人一眼。这一次，尔依看到了喇嘛的眼睛，冷静下面有火焰在烧灼的眼睛。他看懂了那双眼睛是在说，你说下去。但他说，我已经说完了。二少爷说，可能要发生什么事情了，我看他有点高兴也有点害怕。尔依看到喇嘛眼里闪过一道亮光，但很快就熄灭了，像是雷雨天里没入深渊的闪电一样。然后他一摆脑袋，头发又像一道帘子挂了下来。这没有舌头，也就免除了对事情表示态度的家伙，又深陷到他的沉默里去了。尔依听了一阵窗子外面喧哗的水声，才起身离开。他其实并不要人家指点他什么，谁也不能改变自己成为一个行刑人的命运。但他需要有人听听他的倾诉，那就只有这个没有舌头的人了。

尔依直接对两个怪客说，如果你们找那个东西，那你们就想想是谁把这东西带到这里来的。

两个人看看他。他也并不掩饰，说，当然去了兴许就会被抓住，那样明天我们就有活干，只是不知道砍手还是砍头，好在晚上最多用手摸，眼睛看不到，不然还是挖眼睛，那活儿太麻烦。他的话至少说得两个人中的一个毛骨悚然。吃过晚饭他们早早睡下，半夜里就起来出去了。快到天亮的时候，两个人就给抓住了。人们感到十分兴趣的是，他们不是给二少爷手下的人抓住的。他们进入的房间里满是捕老鼠的夹板。先是到处乱摸的手，然后是鬼鬼祟祟的脚给到处都是的夹板夹住了。而头人的寨子上上下下都没有一点声音。两个人没有逃走的希望，才自己大叫起来。有人起来堵上他们的嘴又去睡了。终于挨到天亮，头人起来叫人卸了夹板，绑起来押往土司官寨。可气的是，那个头人对土司通报时不说抓到飞贼而是说两个老鼠撞到夹子上了。

两个来客气得不行，等人取了口里堵着的东西后立即大叫，说自己不是什么耗子，而是白玛土司的手下，都是有猛兽绶带的人，愿意被杀头而不愿受到侮辱。老土司说，本来两个人都要死，既然是那个好邻居派来的，那就选一个回去报信吧。行刑人和儿子一起来到刑场上。尔依把客人留下的随身物品都带来了。他笑笑说，我不是给你们讲过吗？其中一个就唾了他一口，说，来吧，杀一个没有武器的人吧。将来看到拿武器的人可不要打抖。小尔依把刀背在身后，尽力不叫人看出他的颤抖，但他止不住，觉得人人都看见了，人人都在背后露出了讥讽的眼神。心里立即就从羞愧里生出仇恨了。他恨恨地说，不，我等你拿了武器再来杀你。走到那个被他用手量过脖子的家伙面前，他说，伙计来吧，我说过我只要一刀。父亲想问他行还是不行。但他的刀已经在一片惊呼声里砍下去了。他还找不到进刀的角度，结果给血喷了个满头满脸。他看不到那头已经掉到地上啃泥巴，又一刀下去砍在了行刑柱上。父亲替他揩去脸上的血。他对父亲笑笑，说，太累人太累人，我还不知道杀人是这么累的，太蠢了，真是太蠢了。父亲知道下面的活要自己来干了。当然那活很简单，另一个人要活着，要把岗托土司给自己的“伟大的好邻居”白玛土司的问候信带回去。信里说了什么话我们不得而知，那个少了一只手的人在马上昏昏沉沉地回到主子那里，土司看了信口里立即就喷出鲜血。但是他说，这个人想引我打仗，但我们不能打，不能打呀。都说岗托土司从汉地得到了一种打人像割草一样的枪，叫机枪，我们可没有草那么多的人啊！

尔依第一次杀了人，累得在床上躺了两天。又过了几天，身上腿上手上才慢慢有了力气。父亲安慰他说：“开始都是这样的。何况你还小，你才十几岁嘛。不只是你累，我也很累。”

儿子却说：“父亲累了吗？那好，你可以向土司告假了，因为我什么都可以干了，没有我干不了的事了！”

罂粟花战争

罂粟花开了几年，无论岗托土司怎样想独占这奇妙的种子。但所有措施只是延迟，而不是阻止了罂粟在别的土司领地上开出它那艳丽的花朵。

二少爷帕巴斯甲说，我们必须保护自己的利益。他哥哥说，你也太不把我放在眼里了，将来我们谁是土司？弟弟说，将来是谁我不管，现在父亲是土司，这片山河还没有到你的名下呢。这句话叫老岗托土司听了，心里十二分地受用。他说，你弟弟在汉人地方那么多年，就带回来这么一种好的东西，怎么能叫那些人偷去。

这一年，也就是行刑人儿子十五岁的时候，又有两家土司的土地上出现了那种叫人心摇神移的花朵。西北方的白玛土司说，他们的土地虽然不和汉人相连，但他们也会从那里得到种子的。而那个东北方的拉雪巴土司说，他们在岗托土司家的下风头，是老天叫风帮了他们的忙，叫那东西长上翅膀飞到了他的土地。

岗托土司给这两个土司同一种内容的信，说，那是一种害人的东西——是乌鸦的梦，是巫婆的幻术。两个土司的回信却各不相同。一个说，那么坏的东西，叫它来使我们受害好了，反正有人不想我们强大。另一个土司更妙了。他说，好吧，全岗托领地上的人一起扇出风来，把那些害人的东西，会叫人中邪的东西的种子都吹落到我的领地上来吧。

帕巴斯甲又去了一次内地，弄回来不少这片土地上从来没有过的先进的枪支弹药。反正鸦片买卖已经给岗托家带来了过去想都没有想到过那么多的银子，要什么东西花钱买来就是了。

于是，罂粟花战争就开始了。

土司的两个儿子，分率着两路兵马向那两个土司进击。两路兵马只有一个行刑人，于是，小尔依得到了一纸文书，叫他充任帕巴斯甲那一路的行刑人。在家里告别的时候，尔依对父亲说，我会好好干的。父亲说，我只是担心我们的主子叫我们干些不该干的。两支队伍出发时，尔依分到了一匹马，而他的父亲却是和那些上了战场却不会去打仗的人们走在一起。土司的大少爷要打的是一个很有排场的仗。他带上了厨子、使女，甚至有一个酿酒师，尔依看到父亲和这些人走在一起，突然想，自己平常不该对他那样不敬。心里就有了一种和过去有过的痛楚不一样的新鲜的痛苦。过去那些痛苦是叫自己也非常的难过的，而眼下这种痛苦，竟然有着小时候父亲给自己买来的蜂蜜那样的甘甜。

这次战争一开始就同时两面作战，所以马匹不够。尔依却得到了一匹马，和士兵们一起驱驰。说明他的主子是把行刑人看成勇敢的士兵的。

岗托家在战斗刚开始就所向披靡。尔依看到那边的人，拿着火枪，甚至是长刀和弓箭向这边冲锋，要夺回失去的地盘。这边却是用出卖鸦片的金钱武装起来的，是机关枪、步枪。对方进攻的人冲得很慢，却一直在疯狂地叫喊。帕巴斯甲说，看吧，还没有冲到前沿，他们就已经喊累了。带兵官们开心地大笑，尔依也跟着笑了一下。这边几乎就是盼着对方早点冲到阵地前来。敌人终于到了，机枪咯咯地欢叫起来了。那咯咯咯、咯咯咯的声音你不把它叫作欢叫就无以名之了。子弹打出去，就像是抛出去了千万把割草的镰刀。遇到树，细小的枝枝叶叶一下就没有了。遇到草丛，草丛一下就没有了。留下那些冲锋的人暴露出来，傻乎乎地站在一片光秃秃的荒野里。那些人窘迫的样子，好像是自己给一下剥光了衣服。机枪再叫，那些和小树站在一起的人可没小树那么经打，一个一个栽倒了。剩下的人向山下跑去，不一会儿就消失在河谷里罂粟花红色的海洋里。机枪又用来收割还没有结果的罂粟。先是一片片的红花飞溅，然后是绿色的叶片，再后来就是那些绝望的人们的惨叫了。尔依没有枪，现在，他很希望弹雨下会留下几个活的，抓了俘虏自己才会有活干的。机枪停了，人们冲到地里，这里那里响起零星的枪声，对还没咽气的家伙补上一枪。尔依很失望，因为他们没有留活给他干。

战斗好像是刚刚开始就结束了。一大片俘虏蹲在不多的几具尸体中间，倒显得活人是死人，死去的倒像是英雄一般。尔依看见那样一大片人头，心里还是感到害怕。一个一个地去砍，一个一个地去砍，就用行刑人的一双手和一把刀子。刀子砍坏了可以去借，但到手举不起来的时候，那就没有办法了。

帕巴斯甲站在高处，喊道，可以叫一些人活，想活的站到水边上去。那些俘虏大多数跑到水边去了。土司少爷十分认真地说，我看想活的人太多了，回到该死的这边来五个。果然有五个人又回到该死的人那边。

少土司对留在水边那些求生的人哈哈大笑。他说这些都是些怕死的人，对自己主子缺乏忠诚的人，尔依，是你的活，干吧！行刑人就一刀一刀砍过去，一刀砍不死就补上一刀。他心里并不难受。少土司选的地方很好。挨了刀的人都向后倒进水里，血都顺水流走了。最后一刀下去，他累得胳膊都举不起来了。他听到汩汩的流水声里自己在粗重地喘息。溪水越来越红，而他的刀上一下就扑上了一层苍蝇。他还听见自己说：主子是对的，杀掉坏的，留下来好的。

少土司说："还是把刀擦干净收起来吧，这个动脑子的样子，叫人家看了会笑我没有好行刑人。"

尔依没有想到主子嘴里说出来的话也和父亲说的意思大同小异，他说，一个好行刑人不要有过分的慈悲，仇恨就更是不必要的。土司说："他们有罪或者没罪，和你有什么关系？那是跟你没有关系的。好人是土司认为的好人，坏人是土司认为的坏人。我叫你取一个人的眼睛，跟我叫个奴才去摘一颗草莓一样。主子叫你取一个人头，跟叫你去取一个羊头有什么两样？"

"我还是把刀磨快吧。"

"你能成为我的好行刑人吗？"

"不会有下不去刀子的时候。"

"那不一定，有一个人你会下不了手的。"

这天晚上，尔依在星空下闭上了眼睛。树上的露水滴下来，滴在他的额头上也不能使他醒来。

这场战争之所以叫作罂粟花的战争，除了是为罂粟而起，也因为它是那么短促，一个罂粟花期就结束了。到了罂粟花凋零的时候，他们已经在凯旋的路上了。帕巴斯甲统领的军队不但把拉雪巴土司那里那些"风吹去种子开成的花朵"用火药的风暴刮倒在地，还把好多别的东西也都刮倒在地了。去的路上是一支精干的队伍，回来就像是一个部落正在搬迁一样。牛羊猪狗，愿意归附一个更加强大的主子的人群。还有失败的土司的赔偿。一个伟大的土司就是这样使自己的出征队伍无限膨胀的。

回到官寨，老土司已经不行了。他说："我没有死，是因为在等胜利的消息。老二得胜了，老大那里还没有消息。"

老二就说："那就说明老大不能治理好你的领地，请你把王位传给我吧。"

老土司说："我知道你行，也知道你在想什么，但要我传位给你，那只有你哥哥出征失败了才可能。我们要守祖先传下来的规矩。"

帕巴斯甲对父亲说："你的长子怕是在什么地方等酿酒师的新酒吧。"心里却想，那个蠢猪不会失败，有我带回来的那么多好枪怎么可能失败。

帕巴斯甲哥哥的那支队伍也打了胜仗。送信的人说，队伍去时快，回来慢，先送信回来叫家里喜欢。二少爷就叫人把信扣下，并把送信人打入了牢房。他再叫人写封信说，岗托家派往南方的军队大败，"少爷——未来伟大王位的继承者光荣阵亡"。

帕巴斯甲就听到老父亲一直拼命压着的痰一下就涌上喉咙，于是，立即召集喇嘛们念经。老土司竟然又挺过了大半个白天，一个晚上，快天亮时，老岗托醒过来了，问：“是什么声音？”

“为父王做临终祈祷。”儿子回答。

父亲平静地说：“哦。”

儿子又问：“父亲还有什么话吗？”

“你是土司了，”老土司说，“岗托家做土司是从北京拿了执照的。以后他们换一回皇帝我们就要换一回执照。”他叫悲哀的管家把执照取来，却打不开那个檀香木匣子。就说：“没有气力了，等我死了慢慢看吧。他们换人了，你就去换这个东西。是这个东西让我们成为这片辽阔土地之王。替你哥哥报仇，卓基土司是从我们这里分裂出去的。算算辈分，该是你的叔叔，你不要放过他。”

儿子就问：“是亲人都不放过？”

老岗托用他最后的力气说：“不！”

大家退出房去，喇嘛们就带着对一个即将消失的人的祝福进去了。当清脆的铜钹哐然一声响亮，人们知道老土司归天了，哭声立即冲天而起。这种闹热的场面就不去细说了。行刑人在这期间鞭打了两个哭得有点装模作样的家伙。刑法对这一类罪过没有明确的处罚规定。新土司说，叫这两个家伙好好哭一哭吧。两个家伙都以为必死无疑，因此有了勇气，说，哭不出来了。土司说，好啊，诚实的人嘛，下去挨几鞭子吧。两个人没有想到是这样的结局，就对尔依说，你就把我们狠狠地抽一顿吧。尔依边抽边想，这两个人为什么就不哭呢。尔依这样想也是真的，他看见别人哭，连大家在哭什么都不知道，就跟着很伤心地哭了。知道是老土司死了，又哭了好一阵。正哭着，就有人来叫他行刑了。当鞭子像一股小小的旋风一样呼啸起来，尔依想，这两个人为什么哭不出来呢。行刑完毕，还想接着再哭，却再也哭不出来了。

尔依想，不会是自己失去对主子的敬意和热爱了吧。

心里的疑问过去是可以问父亲的，现在可不行了。他肯定和他的主子一起死在边界上了。他没有生下足够多的儿子，只好自己迈着一双老腿跟在大少爷马队的尘土后面当行刑人去了。现在，只有贡布仁钦喇嘛可以听听自己的声音了。在牢里，喇嘛端坐在小小窗户投射下来的一方阳光里，没有风，他的长发却向着空中飞舞。

他的眼睛在狭窄的空间里也看到很远的地方。而且，由于窗子向着河岸，牢房里有喧哗的水声回荡。这个人在的地方，总是有水的气息和声音。行刑人在那一小方阳光之外坐下，行了礼，说：“老土司死了。”

喇嘛笑笑。

尔依又说："我们的老土司，我们的王过去了。"

喇嘛皱皱眉头。尔依注意到，喇嘛的眉毛的梢头已经花白了。于是他说，你还很年轻呀，但你的眉毛都变白了。你到西藏去的时候，我还看见过你。喇嘛并不说话。行刑人想说，你是父亲对人行刑时走的。那天你说，太蠢了，你的毛驴上驮着褡裢，后来你就骑上走了。但他没有说这个，而是讲述了罂粟花战争的过程。喇嘛在这过程中笑了两次。一次是讲到战争结束时，一个肥胖的喇嘛来送拉雪巴土司的请降文书时怎样摔倒在死尸上面；再就是他说自己一次砍了多少人时。前一次笑是因为那件事情有点可笑，后头的一次却不知是为什么。他问，怕死的人有罪，不怕死的人就没有罪吗？

喇嘛没有舌头，不能回答。尔依不明白自己怎么找他来解除自己灵魂上的疑惑，所以，他问了这个问题，却只听到从河边传来喧哗水声，也就没有什么值得奇怪了。就在这个时候，喇嘛张口了，说话了！虽然那声音十分含混，但他是在说话！尔依说："你在说话吗？！是的，你说话了！求你再说一次，我求你！"

这次，他听清楚了。喇嘛一字一顿地说："记、住、我、说、过，流、血、才、刚、刚、开——始！"

兄弟战争

在官寨里，有人一次次对新土司下手。

一个使女在酒里下毒，结果自己给送到行刑人手里。不露面的土司带的话是：不要叫她死得太痛快了。于是，这个姑娘就给装进了牛皮口袋。她一看到口袋就说她要招出是谁在指使，可土司不给她机会。结果受了叫作“鞣牛皮”的刑法。装了人的口袋放在一个小小的坑里，用脚在上面踩来踩去。开先，口袋里的人给踩出很多叫声，后来，肚子里的东西一踩出来就臭不可闻了。于是，口袋上再绑一个重物，丢到河里就算完了。这只是叫人死得不痛快的刑法里的一种。人类的想象在这个方面总是出奇的丰富，不说也罢。只说，有人总是变着法子想要新土司的命，帕巴斯甲一招一招都躲过去了。一个又一个想自己选择主子的人落到尔依手上。最后跳出来的是官寨里的管家。

那是一个大白天，从人们眼里消失了好多天的土司出来站在回廊上，对袖着手走来的管家说：“今天天气很冷吗？”

管家说：“你就感觉不到？”

土司说："我还发热呢。"

管家把明晃晃一把长刀从袖子里抽出来，说："这东西凉快，我叫你尝尝凉快的东西！"

土司从怀里掏出手枪，说："你都打抖了，我叫你尝尝热的东西。"一枪，又是一枪，管家的两个膝盖就粉碎了。他还想拄着刀站起身来。土司说："你一直派人杀我，我看你是个忠诚的人才不揭穿，想不到你执迷不悟，就不要怨我了。"管家说："你是一个英雄，这个江山该是你帕巴斯甲的，可我对大少爷发过誓的。"就把刀插向自己肚子。这些话尔依都没有听见，只是听到枪响就和人们一起往官寨跑去。刚到就听见叫行刑人了。尔依爬上楼，看见管家还在地上挣扎。土司用前所未有的温和语调说："你帮他个忙，这个不想活的人。"他还听见土司自言自语地说，"这下家里的地都扫干净了。"

管家的尸体在行刑柱上示众一天，就丢到河里喂鱼了。

又是一个罂粟的收获季。

这是岗托家第一个不再单独收获罂粟的秋天。大少爷已经和刚被他打败的白玛土司联合起来。好啊，岗托土司说，从今天起，我就不是和我的哥哥，而是和外姓人打仗，和偷去了我们种子的贼战斗了。他又派人用鸦片换回来很多子弹。在一个大雪天领着队伍越过了山口。那场进攻像一场冬天的雪暴，叫对方无法招架。尔依跟着队伍前进，不时看见有人脸朝下趴在雪地里，没有气了。要是有气，那就是他行刑人的事情。两天过后，天晴了，脚下的地冻得比石头还硬。在那样的地上奔跑有点不太真实的感觉。通过一条河上的冰面时，尔依看到自己这边的人，一个又一个跌倒了。那些人倒下时，都半侧过身子对后面扬一扬手，这才把身子非常舒展地扑向河上晶莹的冰盖。好像躺到冰上是件非常愉快的事情。土司发出了停止前进的命令，尔依才听到了枪声在河谷里回荡。知道那些人是中枪了。这边的机枪又响起来，风一样刮掉对岸的小树丛，掀开雪堆，把一个又一个黑黑的人影暴露出来。那些人弓一弓腰，一跃而起，要冲到河边去捡武器。这边不时发出口哨声的子弹落在这些人脚前身后，把他们赶到河中央最漂亮的绿玉一般的冰面上。好的牧羊人就是这样吹着口哨归拢羊群的。土司要好好展示一下自己的力量，显示自己是这个时代的必然选择——不然，他不会有那神奇的种子，不会有像风暴一样力量的武器。他又一次发出了射击的命令。他的机枪手也非常熟悉手上的东西了。三挺机枪同时咯咯咯咯地欢叫起来。这次子弹是当凿子用的。两岸的人都看见站满了人的一大块冰和整个冻着的河面没有了关联。很快，那些人就和他们脚下的冰一起沉到下面的深渊里去了。河水从巨大的空洞里汹涌地泛起，又退去。只留下好多鱼在冰面挣扎扑腾。

队伍渡过河去，对方已经逃得无影无踪。

岗托土司说，不会再有大的抵抗，他们已经吓破胆了。他吩咐开了一顿进攻以来最丰盛的晚饭。想不到，就是那个晚上，人家的队伍摸上来。两支队伍混到一起，机枪失去了作用。只有一小队人马护着土司突了出去。大多数人都落到了白玛土司和大少爷的联军手里。这些俘虏的命运十分悲惨。对方是一支不断失败的，只是靠了最后的一点力量和比力量更为强烈的仇恨才取得胜利的队伍。俘虏们死一次比死了三次还多。尔依也被人抓住了。远远地，他看见，父亲正在用刑呢。凡是身上带着军官标志的人都带到他那里去了。那些人在真正死去之前起码要先死上五次。尔依被一个人抓住砍去了一根手指，然后，又一个家伙走来，对那个人说，该我来上几下了。这是一个带兵官。尔依相当害怕，他不敢抬头。以前死在自己刀下的人可以大胆地看着行刑人的眼睛，现在才知道那需要有多么大的勇气。他不敢抬起头，还有一个原因是怕叫老行刑人看见自己。他想，等自己死了才叫他发现吧。尔依只看到那个带兵官胸前的皮子是虎皮。这是一个大的带兵官。他听见那人的声音说，我和这个人是有过交情的。

尔依不敢相信这是那个人的声音，带兵官说："真的是你。"

他抬起头，看到一张认识的脸。那人脱下帽子，确实有一只耳朵不在头上。那人笑了，说："你在帮我找耳朵吗？掉在岗托土司的官寨前了。"带兵官说，"你的父亲现在在我们这里干活。"

尔依终于找到了一点勇气说："不是替你们，他是替他的主子、我们土司的哥哥干活，你杀我吧，我不会向你求饶的。"

军官说："谁要一个行刑人投降呢。你走吧。"于是就把尔依提着领口扔到山坡下去了。他赶紧爬起来，手脚并用，攀爬上另一面山坡。回头时，看见父亲十分吃惊地向着自己张望。他站了一下，想看清楚父亲手里拿的是什么刑具，一支箭嗖一声插入脚下的雪里，他又拔腿飞奔起来，连头也不敢再回一下了。

故事从此进入了胶着状态。到开春的时候，连枪声听上去都像天气一样懒洋洋的。到了夏天，麦浪在风中翻滚，罂粟花在骄阳下摇摆，母亲对他说："叫我到你父亲那里去吧。"尔依就和她走向两头都有人守着的那座小桥。人们并不是天天在那里放枪的。他们在地上趴得太久，特别在雨后的湿泥地上趴久了，骨头酸痛，肉上长疮。每天，两边的士兵都约好一起出来到壕沟上晒晒太阳。到哪天土司下令要打一打的时候，他们还是不会放过任何一个目标的。觉得和对方建立了亲密关系而把头抬得很高的家伙都吃了枪子。这天是个晴天，两边的士兵都在壕沟上脱了衣服捉虱子。这边的人说，啊，我们的行刑人来了。那边问，真是我们的行刑人的儿子。这边说，是啊，就像你们的主子是我们的主子的哥哥一样。在这种气氛里，送一个老太太过去，根本不能说是一个问题。

在桥中央，老太太吻着儿子的额头，说："女人嘛，儿子小时是儿子的，如今，儿子大了，就该是他父亲的了。"母亲又对着儿子的耳朵说，"你父亲还总是以为我一直是他的呢。"说完这句话，老太太哭了，她说自己再也不会见到儿子了。

尔依把一摞银圆放到桥的中央，向对岸喊："谁替我的母亲弄一匹牲口，这些就是我的谢仪了！"

那边一个人问："我来拿银子，你们的人不会开枪吧？"

这边晒太阳的人嚯嚯地笑了起来。那个人就上桥来了。

他把银子揣到怀里，对尔依说："你真慷慨，不过，没有这些银子我也会把老人家送到她要去的地方。"

尔依拍拍那个好人的肩头。那个人说："你别！我害怕你的手！"

那个有点滑稽的家伙又大声对着两岸说："看啊，伙计们，我们这样像是在打仗吗？"

两岸的人都哄笑起来，说："今天是个好天气。"

尔依看着母亲骑上一头毛驴走远了，消失在夏天的绿色中间。绿色那么浓重，像是一种流淌的东西凝固而成的一样。这天，他还成了一幕闹剧的主角，两边的士兵开始交换食品，叫他跑来跑去在桥上传递。尔依做出不想干这活路的样子，心里却快活得不行。在传递的过程中，他把样样食物都往口里塞上一点，到后来饱得只能躺在桥中央，一动也不能动了。

贡布仁钦的舌头（二）

尔依回来，就到牢里把昨天的事情向贡布仁钦讲了。

喇嘛一直在牢里练习说话。行刑人没有把舌头连根割去。他对尔依说，不是说你父亲手艺不好，而是我怕痛拼命把舌头往里头缩，留下一段，加上祷告和练习，又可以像一个大舌头一样说话了。他问："听我说话像什么？"

尔依没有说话。

喇嘛说："说老实话。"

尔依就说："像个傻子。"

喇嘛就笑了。喇嘛收起了笑容说："请你给土司带话，说是贡布喇嘛求见，你就说，那个喇嘛没有舌头也能说话，要向他进言。"

土司对喇嘛说："是什么力量叫你说话了？"

喇嘛说："请土司叫我的名字，我已经不是喇嘛。"

"那是没有问题的。当初，就该叫他们杀你的头，犯不上救你。我不知道那时候为什么想救你。"

"土司，我说话不好听。"

"没有舌头能说话，就是奇迹，好不好听有什么要紧！我看还是去剃头，换了衣服，我们再谈吧。"

喇嘛说："那可不行，万一我又不能讲话了呢。"

土司叹口气说，好吧，好吧。结果，土司却和自己以前保下来的人谈崩了。因为喇嘛说他那样倚重于罂粟带来的财富和武力，是把自己变成了一种东西的奴隶。喇嘛又有了人们当初说他发疯时的狂热，他说，银子、水、麦子、罂粟、枪、女人和花朵，行刑人手里的刀，哪一样是真正的美丽和真正的强大，只有思想是可以在这一切之上的。他说，你为什么要靠那么多人流血来巩固你的地位？土司说，那你告诉我一个好的办法，我也不想打仗。没有舌头的喇嘛太性急了。他说，世事所以如此是因为在这块本来该比香巴拉还要美好的土地上宗教堕落了。而他在发现了宗喀巴大师的新的教派和甘霖般的教义后就知道，那是唯一可以救度这片土地的灵药了。土司说，这些你都写在了你的文章里，不用再说了。那时，我叫你活下来，是知道你是个不会叫土司高兴的人物。现在我是土司了，而我刚刚给你一个机会你就来教训我，我相信你会叫我的百姓都信你的教，但都听了你的，谁还听我说话？

土司又问："你敢说这样的情形不会出现？"

贡布仁钦想了想，这回没有用他那半截舌头，而是摇了摇头。

土司说："你的确是个了不起的人物，从来没有人叫我感到这么难办。你一定要当一个你自己想的那种教派的传布者吗，如果我把家庙交到你手里的话？"

贡布仁钦点点头。

“叫我拿你怎么办？有一句谚语你没有听过吗？”

“听过，有真正的土司就没有真正的喇嘛，有真正的喇嘛就没有真正的土司。请你杀了我吧。”

“这个问题我没有想过。但你再次张口说话是个错误，一个要命的错误。你的错误在于认为只要是新东西我就会喜欢。”

喇嘛仰头长叹，说：“把我交给尔依吧。”

土司说：“以前岗托家有专门的书记官，因为记了土司认为不该记的事情，丢了脑袋，连这个职位也消失了。弄得我们现在不知道中间几百年土司都干了些什么。我看你那些文字里有写行刑人的。看看吧，现在是个比以前多出来许多事情的时代了，把你看到的事情记下来，将来的人会对这些事感兴趣的。”

贡布仁钦同意了。

土司又说：“你看我很多事情都要操心，你一说话，我又多了一份操心的事情，你看，我只好把你先交给我的行刑人了。父亲的活做得不好，儿子就要弥补一下。”

土司击击掌，下人躬腰进来。土司吩咐说：“准备好吃的东西。”

下人退下。土司又拉拉挂在墙上的索子，楼下响起一阵清脆的铃声。梯子鼓点似的响过一阵，一个家丁把枪竖在门边，躬了身子进来。土司说："传行刑人，我要请他喝酒。"

家丁在地上跪一跪，退下去了。土司说："你看这个人心里也很好奇，土司请行刑人，请一个家奴喝酒，他很吃惊，但他都不会表示出来。而你什么事情都要穷根究底。"

喇嘛说："没有割掉以前，我还要再用一用我的舌头呢。但你可不要以为我是想激怒你，好求一死。"

土司说："请讲，我的决定决不会改变，我也不会被你激怒。"

喇嘛说："那我就不说了。"

这时，那个时代的好饮食就上来了。

食谱如下：

干鹿肉，是腰肢上的；

新鲜的羊肋；

和新鲜羊肋同一出处的肠子和血，血加了香料灌到肠子里，一圈圈有点像是要人命的绞索；

奶酪；

獐子肝；

羌活花馅的包子；

酒两种，一种加蜂蜜，一种加熊油。

尔依战战兢兢上了楼，看到丰盛的食品就把恐惧给忘了。非但如此，喝了几口酒，幸福的感觉就一阵又一阵向着脑门子冲击。他想，是喇嘛在土司面前说了他什么好话，还好，他没有问有什么好运气在前面等着。他甚至想到父亲听到自己的儿子与土司和喇嘛在一起吃酒会大吃一惊。吃惊得连胡子都竖立起来。他听见土司对喇嘛说："看看，什么都不想的人有多么幸福。"

尔依本来想说："我的脑子正在动着呢。"但嘴里实在是堵了太多东西。土司把生肝递到喇嘛面前，贡布说："不，嚼这东西会叫人觉得是在咬自己的舌头。"这顿饭吃了很长时间。后来，喇嘛对尔依说："你在下面等我吧，土司叫你好好照顾我。"

尔依就晕乎乎下楼去了。

喇嘛对土司说："你能叫岗格来见上一面吗？"

立即，岗格就被人叫来了。贡布仁钦问："岗格喇嘛，你的手抖得那么厉害，是因为害怕还是年迈？"

岗格没有说话。

贡布仁钦就说："我没有把剩下的舌头藏好，刚刚用了半天，你的主子就要叫行刑人把它割去了。作为一个披袈裟的人，我要对你说我原谅你了，但在佛的面前你是有罪过的。"

岗格大张开没牙的口，望着土司。土司说："想看这个家伙的舌头第二次受刑吗？"

老岗格一下就扑到地上，把额头放在土司的靴尖上。贡布仁钦说："看吧，你要这样的喇嘛做什么，多养些狗就是了。"

土司说："你骂吧，我不会发火的，因为你是正确的，因为以后你就没有机会了。"

贡布仁钦说："你会害怕我的笔。"

土司说："你的笔写下的东西在我死之前不会有人看到，而我就是要等我死了再叫人看的。"

"那我没有话了，我的舌头已经没有了。"

行刑的时候，尔依脸色大变。土司说，尔依动手吧，慈悲的喇嘛不会安慰你，他向我保证过不再说话。贡布仁钦努力地想把舌头吐出来，好叫行刑人动起手来方便一点，可那舌头实在是太短了，怎么努力都伸不到嘴唇外面来。反倒弄得自己像骄阳下的狗一样大喘起来。尔依几乎把那舌头用刀搅碎在贡布仁钦嘴里才弄了出来。那已经不能说是一块完整的肉了，而是一些像土司请他们吃的生肝一样一塌糊涂的东西。行刑人说，我不行，我不行了。喇嘛自己把一把止血药送到口里。

回到家里，行刑人感到了自己的孤单。他在房子里走来走去。五个房间的屋子对他来说，实在是太大了。没事可干，他就把那些从受刑人那里得来的东西从外边那个独立的柴房里搬到屋里来。他没有想到那里一样一样地就堆了那么多东西。罂粟种下去后，岗托土司的领地上一下就富裕起来，很少人再来低价买这些东西了。好多年的尘土从那些衣物上飞扬起来，好多年行刑的记忆也一个一个复活了。尔依没有想到自己以为忘记了的那些人——那些被取了性命或者是取了身体上某一个部位的人的脸，都在面前，一个月光朦胧的晚上全部出现在面前。尔依并不害怕。搬运完后，他又在屋里把衣服一件件悬挂起来。在这个地方，人们不是把衣服放在柜子里的，而是屋子中央悬挂上杉树杆子，衣服就挂在上面，和挂干肉是一种方法。尔依把死人衣服一件件挂起来，好多往事就错落有致地站在了面前。这些人大多是以前的尔依杀的。他并不熟悉他们——不管是行刑人还是受刑的人。这时，这些人却都隐隐约约站在他面前。

他去摸一件颈圈上有一环淡淡血迹的衣服，里面空空如也。

行刑人就把这件衣服穿在了身上。竟然一下就有了要死的人的那种感觉。可惜那感觉瞬息即逝。

这个夜晚，我们的行刑人是充满灵感的。他立即把自己行刑人的衣服脱了个一干二净。

他说，我来了。这次，一穿上衣服，感觉就来了。这个人是因杀人而被处死的。这个人死时并不害怕，岂止是不害怕，他的心里还满是愤怒呢。尔依害怕自己的心经不起那样的狂怒冲击，赶紧把衣服脱下来。他明白死人衣服不是随便穿的。就退出来把门锁上。他还试了好几次，看锁是否牢靠。他害怕那些衣服自己会跑出房间来。好啊，他说，好啊。可自己也不知道这么说是什么意思。他摆脱了那些衣服，那些过去的亡灵，又想起下午行刑的事。他又看到自己热爱的人大张着嘴巴，好让自己把刀伸进去，不是把舌头割掉，而是搅碎。他的手就在初次行刑后又一次止不住地颤抖了。搅碎的肉末都是喇嘛自己奋力吐出来的。现在，他把手举在眼前，看见它已经不抖了。他想自己当时是害怕的，不知道喇嘛是不是也感到恐惧。手边没有他的衣服，但有他给自己的一串念珠。尔依又到另外一个房间，打开了一口又一口木箱，屋子里就满是腐蚀着的铜啦、银子啦略带甘甜的味道了。在一大堆受刑人留下的佩饰和珠宝里，尔依找出了喇嘛第一次受刑时送的那一串念珠。用软布轻轻抹去灰尘，念珠立即就光可鉴人，天上的月亮立即就在上面变成好多个了，小，但却更加凝聚，更加深邃。挂上脖子，却没有那些衣服那样愤怒与恐惧，只是一种很清凉的感觉，像是挂了一串雨水、一串露珠在脖子上面。

行刑人在空荡荡的屋子里哭了。哭声呜呜地穿过房间，消失在外面的月光下面。

第二天，土司给他两匹马，一匹马驮了日用的东西，一匹马驮着昏昏沉沉的贡布仁钦，送到山上的洞里。临行前，土司说："贡布仁钦再也不是喇嘛了，但你永远是他的下人。"

尔依说："是，老爷。"贡布仁钦很虚弱地向他笑笑。

土司对再次失去舌头的人说："或许今后我们不会再见面了，再见吧。"

贡布仁钦抬头望望远处青碧的山峰，用脚一踢马的肚子，马就踢踢踏踏迈开步子驮着他上路了。直到土司的官寨那些满是雕花窗棂的高大的赭色石墙和寺庙的金色房顶都消失在身后，他才弯下腰，伏在马背上，满脸痛苦万状。尔依知道他的苦痛都是自己这双手给他的，但他对一切又有什么办法呢？于是，他就对马背上那个摇摇晃晃的人说，你知道我是没有办法的。贡布仁钦回过头来，艰难地笑笑，尔依突然觉得自己是懂得了他的意思。觉得贡布仁钦是说，我也是没有办法。尔依说，我懂得你想说的话。贡布仁钦脸上换了种表情。尔依说，你是说我们不是一种人，你也不想叫人知道心里想的什么。

尔依还说，我不会想自己是你的朋友。你是喇嘛，我是行刑人。

贡布仁钦把眼睛眯起来望着很远的地方。

尔依说，你是说你不是喇嘛了，可我觉得你是。你说我想讨好你，我不会的。我割了你的舌头，我父亲还割过一次。真有意思。

尔依觉得自己把他要说的话都理解对了。不然的话，他不会把脸上所有的东西都收起来的。现在，这个人确确实实是只用眼睛望着远方。远方，阳光在绿色的山谷里像一层薄薄的雾气，上面是翠绿的树林，再上面是从草甸里升起来的青色岩石山峰，再上面就是武士头盔一样的千年冰雪。贡布仁钦总是喜欢这样望着远处，好像他能见到比别人更多的什么东西似的。行刑人总觉得两个人应该是比较平等了，虽然他不知道自己为什么就产生了这样感觉。但两次失去舌头的家伙还是高高在上，虽然被放逐了还是那样高高在上。

在山洞口，尔依像侍奉一个主子的奴才那样，在马背前跪下，弓起腰，要用自己的身体给他做下马的梯子。但他却从马的另一边下去了。尔依对他说，从那边下马是没有规矩的，你不知道这样会带走好运气吗？

他的双眼盯着尔依又说话了。他是说，我这样的人还需要守什么规矩？我还害怕什么坏运气吗？

尔依想想也是，就笑了。

贡布仁钦也想笑笑。但一动嘴，脸上现出的却是非常痛苦的表情。

尔依听到山洞深处传来流水的声音。悠远而又明亮。他在洞里为喇嘛安顿东西的时候，喇嘛就往洞的深处走去。出来时，眼睛亮亮的，把一小壶水递到尔依手上。尔依喝了一口，立时就觉得口里的舌头和牙齿都不在了，水实在是太冰了。贡布接过水，灌了满口，噙了好久，和着口里的血污都吐了出来。尔依再次从他手里就着壶嘴喝了一口，噙住，最初针刺一般的感觉过去，水慢慢温暖，慢慢地，一种甘甜就充满嘴巴，甚至到身体的别的部位里去了。

一切都很快收拾好了。

两个人都在山洞前的树荫里坐下。贡布又去望远方那些一成不变的景色。尔依突然有了说话的欲望，倾诉的欲望。他说，看吧，我对杀人已经无所谓了。但喇嘛眼睛里的话却是，看吧，太阳快落山了。

尔依说，那有什么稀奇的，下午了嘛。说完，自己再想想，觉得自己刚才说的话也没有多少意思。行刑人说他不怕杀人，不怕对人用刑有什么意思呢。对于大多数人来说，行刑人就是一种令人厌恶但又必需的存在。对现在这个尔依来说，对他周围的人群来说，他们生下来的时候，行刑人就在那里了：阴沉、孤独、坚忍，使人受苦的同时也叫自己受苦，剥夺别人时也使自己被人剥夺。任何时候，行刑人的地位在人们的眼中都是和专门肢解死人身体的天葬师一样。行刑人和天葬师却彼此看不起对方。行刑人和天葬师都以各自在实践中获得的解剖学知识，调制出了各有所长的药膏。天葬师的药治风湿，行刑人的药对各种伤口都有奇效。他们表示自己比对方高出一等的方式就是不和对方来往。这样，他们就更加孤独。现在，尔依有了一个没有舌头的人做朋友，日子当然要比天葬师好过一些。大多数时候，贡布仁钦都只是静静倾听。很少时候，他的眼睛才说这样说没有道理。但你要坚持他也并不反对。尔依说，他对杀人已经无所谓了。这立即就受到了反驳。但尔依说，也有行刑人害怕的嘛。贡布仁钦就拿出笔来，把尔依的话都记了下来。这下尔依心里轻快多了。当太阳滑向山的背后，山谷里灌满了凉风的时候，他已经走在下山的路上了。

噩梦衣裳

兄弟战争一打三年没有什么结果。

帕巴斯甲的哥哥入赘白玛土司家做了女婿。白玛土司只有女儿，没有儿子，也就是说，今后的白玛土司就是岗托土司的大少爷了。帕巴斯甲说，他倒真是有做土司的命。帕巴斯甲一直把哥哥的三个老婆和两个儿子抓在手里想逼他就范。一直在等对方求和文书却等来了参加婚礼的邀请。新郎还另外附一封信说，嫂子们和侄儿就托付给你了。当弟弟把两个侄儿放了，送过临时边界，作为结婚礼物时，也捎去一封信，告诉新郎，原来的三个老婆，大的愿死，二的下嫁给一个新近晋升的带兵官，三的就先服侍新土司，等为弟的有了正式太太再做区处吧。

那边收到信后，一边结婚，一边就在准备一次猛烈的进攻。

兄弟战争的唯一结果就是把罂粟种子完全扩散出去了。岗托土司的每一次进攻就要大获全胜的时候，他的哥哥就把那种子作为交换，招来了新的队伍。那些生力军武器落后，但为了得到神奇植物的种子，总是拼死战斗。三年战斗的结果，罂粟花已经在所有土司领地上盛开了。现在，岗托土司如果发动新的进攻，也碰不到哥哥的部下。有别的人来替他打头阵呢。看到罂粟花火一样在别人领地上燃烧，看到鸦片能够换回的东西越来越少。帕巴斯甲认为这一切都是该死的哥哥造成的。一个有望空前强大的岗托土司就葬送在他手里了。

现在，他该承受三年来首先由对方发起的进攻了。这次，对方的火力明显的强大了。他们的子弹也一样能把这边在岩石旁，在树丛后的枪手们像一个沉重的袋子一样掀翻在地上。尔依就去看看那些人还有没有呼吸。行刑人这次不是带着刑具，而是背着药袋在硝烟里奔走。他给他们的伤口抹上药膏，撒上药粉，给那些叫痛苦拧歪的嘴里塞上一颗药丸。他看见那些得到帮助的人对他露出的笑容和临刑的人的笑容不大一样。有个已不能说话的家伙终于开口时说："我不叫你尔依了，叫你一个属于医生的名字吧。"

尔依说："那样，你就犯了律条，落在我的手上，我会把你弄得很痛的。还是叫我尔依，我喜欢人家叫我这个名字。"

晚上，一个摸黑偷袭的人给活捉了。尔依赶到之前，那个人已经吊在树上，脚尖点着一个巨大的蚁巢。红色的蚂蚁们一串串地在俘虏身上巡行，很快散开到了四面八方。这个人很快变成了一个蚂蚁包裹着的肉团。土司从帐篷里出来，说："这个人不劳你动手，要你动手的是她！"

行刑人顺着帕巴斯甲的鞭梢看过去，不禁大吃一惊。

土司一直扬言要杀掉大嫂，今天真正要动手了。大少爷的太太梳好了头，一样样往头上戴她的首饰。之后，就掸掸身上其实没有的灰尘，从帐篷里走了出来。早上斜射的阳光从树梢上下来，照在她白皙的脸上，她举起手来，遮在很多皱纹的额头上，这下她就可以看看远处了。远处有零星的枪声在响着。但那根本不足以打破这山间早晨的宁静。

她转过脸来说："弟弟，你可以叫尔依动手了。太阳再大，就要把我的脸晒黑，我已经老了，但是不能变得像下人那么黑。"

土司说："你不要怪我，我哥哥在那边结了婚后，你就不是我的嫂子了。你只是我的敌人的女人。"

"我也不是他的女人，我只是他儿子的母亲。"

这时，风把那个正被蚂蚁吞噬的人身上难闻的气味吹过来。她把脸转向尔依问："我也会发出这样的气味吗？"

尔依只是叫了一声太太。

女人又问："就是这里吗？"

土司说："不，我想给哥哥一个救你的机会。"

女人说："他想的是报仇，而不是怜惜一个女人。你和他从一个母亲身上出来，是一个男人的种子，你还不知道他吗？"

土司对尔依说："把她带到河边没有树林的草地上，叫那边的人看见！"

太太往山下走去，边走，边对尔依说："那边的人会打死你，不害怕吗？"

尔依没有感到对方有什么动静，却知道自己这边的枪口对在后脑勺上。这是尔依第一次对枪有直接的感觉，它不是灼热的，而是凉幽幽的，像一大滴中了魔法而无法下坠的露水在那里晃晃荡荡。他也知道，这东西一旦击中你，那可比火还烫。尔依故意走在太太身后，把对准了她脑袋和后背的枪口遮住。太太立即就发觉了，说："谢谢你。"太太又说，"事情完了，我身上的东西都赏你，够你把一个女人打扮得漂漂亮亮的。"

风不断轻轻地从河谷里往山上吹。尔依感到风不断把太太身上散发出的香气吹到自己身上。

到了河边，太太问："你要把我绑起来？"

尔依说："不绑的话，你会很难受的。"

当尔依把那个装满行刑工具的袋子打开时，太太再也不能镇定了。她低声啜泣起来。她说："我害怕痛，我害怕身子叫蛆虫吃光。"

尔依竟想不出一句话来安慰这个尊贵的女人。行刑人知道自己不能叫她死得痛快和漂亮，跪下来说："太太我要开始了，开始按主子的吩咐干我的活了。"刀子首先对准了太太的膝盖。他必须按对待同时犯了很多种罪的人的刑罚来对待这个人，土司说，给她"最好的享受"。尔依知道这个女人是没有罪的。二太太嫁给了带兵官，三太太和自己丈夫的弟弟睡觉，她们活着，而这个人要死了。太太现在再也控制不住自己，当尔依撩起她的长裙，刀尖带着寒气逼向她的膝盖时，她竟然尖声大叫起来。

尔依站起身来，说："太太，这样我们会没有完的。"

她歇斯底里地说："我的裙子，奴才动了我的裙子！"

尔依想这倒好，这样就不怕下不了手了。于是，他说："我不想看你的什么，我是要按土司的吩咐取下你的膝盖。"

太太哭道："我是在为谁而受罪？！"

想来还没有哪一个尔依在这样的安静美丽的地方对这样一个女人用过刑吧。更为奇妙的是周围没有一个人影，但却又能感到无数双眼睛落在自己身上。

太太又哭着问："我是为什么受这个罪？！"

尔依无法回答这个问题，只知道再不动手，刚刚激起的那点愤怒就要消失了。手里有点像一弯新月的刀钩住光滑的膝盖，轻轻往上一提，连响声都没有听到一点，那东西就落到地上。叫得那么厉害的太太反倒只是轻轻哼了一声，一歪头昏了过去。那张歪在肩头上的脸更加苍白，因此显得动人起来。刚才，这脸还泛着一点因为愤怒而起的潮红，叫人不得不敬重；现在，却又引起人深深的怜惜。尔依就在这一瞬间下定决心不要女人再受折磨，就是土司因此杀了他也在所不惜。他的刀移到太太胸口那里。尔依非常清楚那致命的一刀该从哪里下去，但那刀尖还是想要把衣服挑开，不知道是要把地方找得更准一点，还是想看看贵妇人的胸脯和一般人有什么不同。这样，行刑人失去了实现他一生里唯一一次为受刑人牺牲的机会。对面山上的树丛里一声枪响。尔依看到女人的脸一下炸开。血肉飞溅起来的一瞬间，就像是罂粟花以前所未有的速度猛然开放。枪声在空荡荡的山谷里回荡一阵才慢慢消失。而女人的脸已经不复存在。她的丈夫叫她免受了更多痛苦和侮辱。有好一阵子，尔依呆呆地站在那里，等待第二声枪响。突然，枪声响起，不是一枪，而是像风暴一样刮了起来。行刑人想，死，我要死，我要死了。却没有子弹打在自己身上，叫自己脑袋开花。他这才听出来，是自己这一方对暗算了太太的家伙们开枪了。尔依这才爬到了树丛里，两只手抖得像两只相互调情的鸟的翅膀。拿着刀的那只把没有拿刀的那只划伤了。在密集的枪声里，他看着血滴在草上。枪声停下时，血已经凝固了。

晚上，风吹动着森林，帐篷就像在水中漂浮。

行刑人梦见了太太长裙下的膝盖。白皙、光洁，而且渐渐地如在手中，渐渐地叫他的手感到了温暖。先是非常舒服的肉的温暖，但立即就是又热又黏的血了。

在两三条山谷里虚耗了几个月枪弹，到了罂粟收获的季节，大家不约而同退兵了。等到鸦片换回来茶、盐、枪弹，冬天就到了。前所未有的大雪把那些彼此发动进攻的山口严严实实地封住了。兄弟战争又一次暂时停顿下来。

大片大片的雪从天空深处落下来，尔依终于打开锁，走进了头一次上了锁就没有开过的房间。看到那些死人留下的衣服，他的孤独感消失了，觉得自己是在一大群人中间。人死了，留在衣服里的东西和在人心头的东西其实是一样的。那些表情，那些心头的隐痛，那些必须有的骄傲，都还在衣服上面，在上面闪烁不定。人们快死的时候都要穿上最好的衣服，这些衣服的质地反射着窗外积雪的幽幽光芒。雪停的时候，尔依已经穿上了一件衣服走在外面的雪地上了。是这件衣服叫他浑身发热，雪一停他就出去了。他宁愿出去也不想把衣服脱下来。衣服叫他觉得除了行刑人还有一个受刑人在，这就又是一个完整的世界了——一个行刑人，一个受刑人，就是一个完整的世界。正敞开口吮吸着飞雪的世界多么广大。天上下着雪，尔依却感到自己的脸像火烤着一样。雪花飘到上面立即就融化了。尔依在雪地里跌了一跤，他知道那个人是突然一下就死了，不然不会有这样的一身轻松。这么一来，他就是个自由自在的猎人了。尔依在这个夜晚，穿着闪闪发光的锦缎衣服，口里吹出了许多种鸟语。

回到家里，他很快就睡着了，并不知道他的口哨在半夜里把好多人都惊醒了。醒来的人都看见雪中一个步伐轻盈的幽灵。

第二天，他听那么多人在议论一个幽灵，心里感到十分的快乐。

这个晚上，尔依又穿上了一个狂暴万分的家伙的衣服。

衣服一上身，他就像被谁诅咒过一样，心中一下就腾起了熊熊的火焰。他跑到广场上用了大力气摇晃行刑柱，想把这个东西连根拔起。这也是一个痛快的夜晚，他像熊一样在广场上咆哮。但没有人来理他。土司在这个夜晚有他从哥哥那里抢过来的女人，困倦得连骨头里都充满了泡沫。何况，对一个幽灵，人又有什么办法呢。人总是对付人的挑战，而对幽灵保持足够敬畏。白天，尔依又到广场上来，听到人们对幽灵的种种议论。使他失望的是，没有人想到把幽灵和行刑人联系在一起。人们说，岗格喇嘛逼走了敌手后，就没有干过什么事情，佛法昌盛时，魔鬼是不会如此嚣张的。还有人进一步发挥说，是战争持续得太久，冤魂太多了。他们根本没有想到是行刑人穿上那些受刑人的衣服。尔依找来工具，把昨天晚上摇松动了的行刑柱加固。人们议论时，他忍不住在背后笑了一声。人们回过头来，他就大笑起来。本来，他想那些人也会跟着一起哈哈大笑。想不到那些人回过头来看见是行刑人扶着行刑柱在那里大笑，脸上都浮出了困惑的表情，尔依没有适时收住笑声，弄得那些人脸上的表情由惊愕而变得恐怖。尔依并不想使他们害怕，就从广场上离开了。风卷动着一些沙子，跑在他的前面。尔依不知不觉就走在了上山的路上。在萧索的林中行走时，听到自己脚步嚓嚓作响，感到自己真是一个幽灵。多少辈以来，行刑人其实就像是幽灵，他们驯服地接受了命运的安排。他们需要的只是与过分的慈悲或仇恨做斗争。每一个尔依从小就听上一个尔依说一个行刑人对世界不要希望过多。每一个尔依都被告知，人们总是在背后将你谈论，大庭广众之中，却要做出好像你不存在的样子。只是这个尔依因为一次战争，一个有些与众不同的土司，一两件比较特别的事情，产生了错觉。他总是在想，我是和土司一起吃过饭的，我是和大少爷的太太在行刑时交谈过的，就觉得他可以和所有人吃饭，觉得自已有资格和所有的人交谈。现在，他走在上山的路上，不是要提出疑问，而是要告诉贡布仁钦一个决定。

贡布仁钦在山洞里烧了一堆很旺的火。

他那一头长发结成了许多小小的辫子。尔依说，山下在闹幽灵。贡布仁钦端一碗茶给他，行刑人一口气喝干了，说："你相信有幽灵吗？"

贡布摇摇头。他的眼睛说，这个世界上没有什么幽灵，也没有什么魔鬼，如果有那就是人的别名。

尔依说："早知道你明白这么多事情，说什么我也不会把你的舌头割掉。"

贡布仁钦笑了。

尔依又说："我是一个行刑人，不是医生，不想给人治伤了。行刑人从来就是像幽灵一样，幽灵是不会给人治伤的。"

贡布仁钦的眼睛说，我也是一个幽灵。

尔依从怀里掏出酒来，大喝了一口，趁那热辣劲还没有过去，提高了声音说："我们做个朋友吧！"

贡布仁钦没有说话，拿过他的酒壶大喝了一口。喇嘛立即就给呛住了，把头埋在裆里猛烈地咳嗽。他直起腰来时，尔依看到他的眼眶都有些湿了。行刑人就说："告诉你个秘密，他们真的看见了，那个幽灵就是我。”尔依讲到死人衣服给人的奇异感觉时，贡布仁钦示意他等等，从洞里取来纸笔，这才叫他开讲。他要把所有的一切都记在纸上。贡布仁钦打开一个黄绸包袱，里面有好几叠纸，示意行刑人里面有一卷记的是他的事情。这时，天放晴了，一轮圆圆的月亮晃晃荡荡挂在天上。从山洞里望去，月亮上像是有和他们心里一样的东西，凄清然而激烈地动荡着。尔依说，我知道狼为什么要在这样的夜里嚎叫了。贡布仁钦就像狼一样长叫了一声。声音远远地传到了下面的山谷。于是，远远近近的狼跟着嚎叫了。

临行的时候，贡布仁钦写下一张纸条叫他带给土司。

土司看了不禁大笑，说：“好啊，他要食人间烟火了嘛。”

信里说，酒是一种很好的东西，他想不断得到这种东西。尔依听了，知道自己真正有了一个朋友。尔依说：“那我明天就给他送去。”

土司对管家说：“告诉他，我和他说过话，不等于他就有了和老爷随便说话的权利。”

管家说：“还不快下去，要你做事时，会有人叫你！”

土司又对管家说：“告诉他，他以为对他的一个女主子动了刀，就可以随便对主子说话，那他就错了。哪个地方不自在，他就会丢掉哪个地方的！”

尔依知道自己不能立即退下。他跪在主子的面前，磕了几个头，才倒退着回到门外。这天晚上，他没有去穿那些衣服。他说：“其实我并不想穿。”声音在空空的屋子里回荡。第二天，他又给叫到广场上去用鞭子抽人了。抽的是那天说幽灵是因为战争老不结束才出现的那两个人。行刑人不想把自己弄得太累，所以打得不是很厉害。他不断对受刑人说：“太蠢了，太蠢了，世界上怎么会有幽灵。告诉我幽灵是什么东西。”

用完刑，受刑人说：“怎么没有，有。”

“告诉我是什么样子。”

“穿着很漂亮的衣服，上面的光芒闪烁不定，像湖里的水一样。”

尔依说：“哈！要是那样的话，我倒情愿去当幽灵。这样活着，没有好衣服，有了也舍不得穿。”

他们说：“喇嘛们念了经，土司动了怒，幽灵不会出来了。”

尔依这次行刑没有用到五分气力，两个家伙才有力气跟他饶舌。回去时，看见两个小喇嘛端着木斗，四处走动，把斗里的青稞刷刷地撒向一些阴湿的角落。尔依说：“两位在干什么哪？”

回答说，他们的师父在这些粮食上加了法力，是打幽灵的子弹。

尔依笑着说：“天啊，要是幽灵躲在那样的地方，这么冷的天，冻都冻死了，还要麻烦你们来驱赶吗？”尔依说，依他的看法，幽灵们正在哪个向阳的地方晒太阳呢。两个小喇嘛就抬着斗到有太阳的地方去了。

尔依想在满月没有起来时就出门，但还是晚了，因为找不出一件称心的衣服。他几乎把所有的衣服都穿了一遍。他才知道大多数受死的都有点麻木，到那时，已经没有足够的愤怒、足够的狰狞和足够的恐惧。都有，但都不够。最后总算找出来一件，里边还有着真正的足够的凄楚。这是一个女人的遗物。他不知道这是个什么样的女人，他没有杀过，也没有协助父亲杀过一个穿着这样夸张的衣服的女人。在屋子里，尔依还在想，她为了什么要这样悲伤？一走到月亮下面，那冰凉的光华水一样泻在身上。尔依就连步态也改变了。现在，他知道了这是一个唱戏的女子。至于为何非死在行刑人刀下不可他就不得而知了。前两天，在山上看见月亮时贡布仁钦学了狼叫。这天的尔依却叫那件衣服弄得在走路时也用了戏台上的步子。他（她？）穿过月光里的村子，咿咿呀呀地唱着，穿过了土司官寨，最后到寺庙后面那个小山包上坐下来，唱了好久，才回家去了。

融雪的天气总是给人一种春天正在到来的印象。那是空气里的水分给人造成的错觉。春天里的人们总是不大想待在房子里。在有点像春天的天气里也是一样。何况是喇嘛们已经作了法之后又出现了一个幽灵。尔依走近一个又一个正在议论幽灵的人群，也许其中哪一个会知道那件衣服的主人是个什么样的人物。他们的话，他们的语气，他们的眼光，都只是表示了他们对这件事情的惊奇和对不断凑近的行刑人的厌恶。尔依想，原来你们也是什么都不知道嘛。尔依没有想到的是，人们开始唱起晚上从他口里唱出来的那首歌来了。头一两天，只有几个姑娘在唱，后来好多人都唱起来了。尔依才知道自己那天晚上唱的是什么。当然，那些人说，这只是其中的一段，其他的怎么也想不起来。人们记住并且传唱的那段歌词是这样的：

啊嗦嗦——

在地狱

我受了肉体之苦三百遍

在人间
我受了心灵之苦三千遍
啊嗦嗦——啊嗦嗦
没有母亲的女儿多么可怜

尔依想，这么一首奇怪的歌。都说她（他？）的歌声非常美妙。这世上只有一个人可能知道那个戏班里的女人是谁，那就是自己的父亲，在对方营垒中的行刑人。老尔依总是有些故事要想告诉儿子。过去，小尔依觉得那些鸡毛蒜皮的事和自己没有多大关系。现在，他知道一个人需要知道许多这样的事情。

尔依想起这样的冬天，父亲，还有母亲都不是住在房子里，心里就难过起来。跟了大少爷的人们，都在边界的帐篷里苦熬着日子。新年到来时，岗托土司恩准这边的人给那边的人一些过年的东西，统一送去。尔依给父亲捎去了皮袄和一些珠宝，冷天里可以换些酒喝。听着从屋顶吹过的凌厉北风，尔依忘了屋里那些带来欢乐的衣服。早上出门，他想，要不要去问问贡布仁钦呢。后来，他想那是自己的事情，就从上山的路口上折回来，大胆地走近了土司官寨。还没有上楼，就听见土司说，行刑人看到天气冷，来要酒给他的喇嘛送去呢。尔依奔上楼，在土司面前跪下，说：“我的父亲和母亲没有房子，会死在那边的。”

土司说：“如果他们死了，那是他们的主子的罪过！”

尔依说：“不，那就是我这个儿子的罪过。”他对土司说，自己愿意去边界那边，把父亲换回来。

土司说：“那样的话，你就是他们的行刑人，我却要用一个老头，一个连儿子也做不出来了的老头，一个老得屙尿都怕冷的老头！”土司勃然大怒。他说，这个早上老子刚刚有点开心，赏他脸跟他说了两句话，他就来气我了！土司叫道：“这个刽子手是在诅咒我呢。我稳固的江山，万世的基业就只有用一个老头子的命吗？”

行刑人被绑在了自己祖先竖立的行刑柱上。

尔依想，我就要死了。想到自己就要为自己的父亲母亲而死，心里充满了甜蜜的味道。他甚至想，杀头时他们是用自己的刀还是行刑人专门的家伙。尔依愿意他们用行刑人的东西。因为他信得过自己的东西，就像一个骑手相信自己的牲口一样。从早上直到太阳下山，没有人来杀他，也没有人来放他。冷风一起，围观的人兴趣索然，四散开去。星星一颗颗跳上天幕，尔依开始颤抖，不是因为害怕，而是冷得受不了。他想，可能就为那句怕父亲冻死在边界上的话，土司要冻死自己。尔依就说："太蠢了，太蠢了。"嘴里这么念着，尔依感到这样死去，自己留下的衣服里连那些衣服里残留的那么一点仇恨都不会有。这时，姑娘们开始歌唱了。她们的歌声从那些有着红红火光的窗子里飘出来。她们唱的都是一件衣服借行刑人的嘴唱出来的那一首。歌声里，月亮升起来，在薄薄的云层里穿行。到了半夜，在屋子里都睡不着的尔依居然睡着了。醒来的时候已经是白天。他想，我已经死了。因为他感觉不到自己的双脚，连自己的鼻子都感觉不到了。他想——想得很慢，不是故意要慢，要品味思想的过程，而是快不起来，脑子里飘满了雾气——尔依真的死了。只有灵魂了，没有了肉体，灵魂是像雾一样的。他想自己可以飞起来了。这才发现自己没有死去，还是给绑在祖先竖起的行刑柱上。

早上，土司向他走来，说："没有冻死就继续活吧。"

尔依回到家里，扒开冷灰，下面还有火种埋着呢。架上柴，慢慢吹旺，屋子里慢慢暖和过来，尔依也不弄点吃的，顺着墙边躺下了。现在他知道，自己几乎是连骨头里面都结了冻了，只有血还是热的，把热气带到身体的每个地方，泪水哗一下子流得满脸都是。直到天黑，他还在那里痛痛快快地哭着呢。本来，尔依还打算哭出点声音的，声音却就堵在嗓子里不肯出来。

一天过去了，又是一个晚上，他就睡在火塘边上，不断往火里加上干柴。

干柴终于没有了。尔依走进那个房间，早晨灰蒙蒙的光线从外面射进来，落到那些衣服上面，破坏掉了月光下那种特别的效果，显得暗淡，而且还有些破败了。尔依对那些衣服说：“我也算是死过一次了。”

从此，有好长时间，人们没有看到幽灵出现。

春天一到，从化冻到可以下种的半个月空隙里，岗托土司又发动了一次小小的进攻。夺到手里两个小小的寨子。俘虏们一致表示，他们愿意做岗托土司的农奴，为他种植罂粟，而没有像过去一样要做英雄的样子。一个也没有。他们说，这仗实在是打得没有什么意思了。土司知道了，说，也是，还有什么意思呢，罂粟嘛，大家都有了；土司的位子嘛，我哥哥迟早也会当上的，他的下面又没有了我这样有野心的弟弟，就收下了那些俘虏做自己的农奴，草草结束了他的春季攻势。

尔依自然也就没有事干。他想，这是无所谓的。大家都在忙着耕种，尔依不时上山给贡布仁钦送点东西，带去点山下的消息。

故事里的春天

春天来得很快。

播种季节的情爱气氛总是相当浓烈。和着刚刚翻耕出来的沃土气息，四处流荡着男人女人互相追逐时情不自禁的欢叫。刚刚降临到行刑人心里的平静给打破了。冰雪刚刚融化时的湖泊也是这样，很安静，像是什么都已忘记，什么都无心无意的样子。只要饮水的动物一出现，那平静立即就像一面镜子一样破碎了。

尔依带着难以克制的欲望穿过春情荡漾的田野。土司正骑了匹红色的牡马在地里巡察。他身上的披风在飘扬，他把鞭子倒拿在手里，不时用光滑的鞭柄捅一捅某个姑娘饱满的胸脯或是屁股，那些姑娘十分做作地尖叫，她们做梦都在想着能和土司睡在一起，虽然她们生来就出身低贱，又没有希望成为贵妇人，但她们还是想和这片土地上的王，最崇高的男人同享云雨之乐。尔依看见那个从前在河边从自己身边跑开的姑娘，那样壮硕，却从嗓子里逼出那样叫人难以名状的声音。那声音果然就引起了土司的注意，一提缰绳向她走过去。尔依就在这个时候突然抓住马的缰绳，在土司面前跪下了，行刑人咽了口唾沫说："主子，赏我一个女人吧。"

土司在空中很响地抽一下鞭子，哈哈大笑，问他为什么这时提出要求。尔依回答说："她们唱歌，她们叫唤。"

岗托土司说："你的话很可笑，但你没有说谎。我会给你一个女人的。岗托家还要有新的尔依。开口吧，你要哪个姑娘。"

尔依的手指向了那个原来拒绝了自己的胖胖的姑娘。

土司对尔依说："你要叫人大吃一惊的，你的想法是对的，就是想起的时候不大对头。"

土司对那个姑娘招招手，姑娘很夸张地尖叫一声，提起裙子跑了过来。土司问姑娘说："劳动的时候你穿着这样的衣服，不像是播种倒像是要出嫁一样。是不是有人今天要来娶你。"

姑娘说："我还没有看见他呢。"

土司说："我看你是个只有胸脯没有脑子的女人，自己的命运来到了都不知道。告诉我你叫什么？"

姑娘以为土司说的那个人就是土司自己。她没有看到行刑人。有了土司，你叫一个生气勃勃的姑娘还要看见别的男人那实在是不太公平的。她屈一下腿，而且改不了那下贱的吐舌头的习惯，把她那该死的粉红色的舌头吐了出来，像怕把一个美梦惊醒一样小声说："我叫勒尔金措。"

土司说："好吧，勒尔金措，看看这个人是谁，我想你等的就是他。"

姑娘转过脸来，看见行刑人尔依正望着自己，那舌头又掉出来一段，好半天才收回嘴里。她跪在地上哭了起来。眼泪从指缝里源源而出。她说："主子，我犯了什么过错，你就叫这个人用他那双手杀了我吧。"

土司对尔依说："看看吧，人们都讨厌你，喜欢我。"

尔依说："我喜欢这个姑娘。我喜欢这个勒尔金措。"

姑娘狠狠地唾了他一口。尔依任那有着春天味道的口水挂在脸上，对姑娘说："你知道我想你，你知道。"

姑娘又唾了他一口，哭着跑向远处。风吹动她的头发，吹动她的衣裙。尔依觉得奔跑着的姑娘真是太漂亮了。土司说："要是哪个女人要你，你不愿意，我就把你绑起来送去，但是你要的这个姑娘，我不想把她绑来给你。慢慢地，她也许会成为你的人的。"

行刑人知道，在自己得到这个姑娘以前，土司会去尽情享用。这是个没有月亮的夜晚，雨水又落下来了。他穿上一件衣服走进了雨雾里，这个晚上肯定没有人看见幽灵。看来这件衣服原来的主人是个不怕死，但是怕冷的家伙。他听见牙齿在嘴里嗒嗒作响。没有人暗中观看，加上遇到这么一个怕冷的家伙，尔依只好回到家里。脱下衣服，他见每一件刑具都在闪闪发光，每一样东西都散发出自己的气味。这时，他相信自己是看到真正的幽灵了。一个女人从门口走进来，雨水打湿的衣服闪着幽幽的微光。她脱去衣服，尔依就看到她的眼睛和牙齿也在闪光。立即，雨水的声音，正在萌发的那些树叶的略略有些苦涩的气息也消退了，女人的气息扑面而来。尔依还没有说话，不速之客就说："我没有吓着你吧。"

行刑人说："你是谁？"

来人说："我不是你想的那个女人，但也是女人。"

行刑人说："叫我看看你。"

女人说："不要，要是我比你想的人漂亮那你怎么办，我可不要你爱上我。想想你杀了人，擦擦手上的血就坐下来吃东西会叫我恶心的。"

行刑人说："我有好久没有摸过刀了。"

女人说："所以，有人告诉我你想要女人，而且你还有上好的首饰，我就来了。我是女人，你把东西给我吧。"

尔依打开一个箱子，叫女人自己抓了一把。尔依也不知道她抓到了什么，但知道自己把她抱住。原来，这时的女人像只很松软的口袋一样。女人说："这个房子不行，叫我害怕。"尔依就把她抱起来，刚出这个屋子，她的呼吸就像上坡的牡马一样粗重起来。行刑人还没来得及完全脱去女人身上的衣服，就听到风暴般的隆隆声充满了耳朵的里面，而不是外面，然后世界和身体就没有了。过了好久，行刑人听到自己呻吟的声音，女人伏在他身上说："可怜的人，你还没有要到我呢。"然后就打开门，消失在雨夜里了。

第二天，尔依每看到一个姑娘就想，会不会是她。每一个人都没有那样的气息，每一个人都没有应该有的神情。这天，他的心情很好，遇到那个没有男人却已经有了三个孩子的女人时，他还给了她一块散碎的银子。这个女人连脸都难得洗一次，却有了三个孩子。这天，官寨前的拴马桩上拴满了好马。行刑人没有想到这应该是一件重要事情的前奏，他只是在想那个女人是谁。晚上那个女人又来了。这次她耐心地抚慰着他，叫他真正尝到了女人的味道。

他赶到山上要把这件事情告诉贡布仁钦。还不等他开口，贡布仁钦就用眼睛问："山下发生了什么事情？"

尔依说："看你着急的，是发生了事情，我尔依也有了女人了！"

贡布仁钦的眼睛说："是比这个还重要的事情。"

尔依就想，还会有什么事情？和天葬师交朋友，衣服把自己变成幽灵，这些都告诉他了。尔依说："那个女人是自己上门来的。我给她东西，给她从那些受刑人身上取下的东西，她给我女人的身子。"

贡布仁钦的眼睛还是固执地说："不是这件事情。"

尔依就坐在山洞口想啊想啊，终于想起来官寨前那么多的马匹。

贡布仁钦说，对了，对了，岗托又要打仗了。之后，他不再说话，望着远方的眼睛里流露出忧伤的神情。

尔依问他，是不是自己用这种方式得到了女人叫他不高兴了。这回，贡布仁钦眼里说的话行刑人没有看懂。前喇嘛说，人都是软弱的，你又没有宣布过要放弃什么，这种方式和那种方式有什么区别？尔依说，你的话我不懂。贡布仁钦说，总还是有一两句你听不懂的话的，不然我就不像是个想树立一个纯洁的教派的人了。他从山洞深处取下那个黄绸包袱，打开其中的一卷，尔依知道那是行刑人的事迹。没有了舌头只有眼睛和手的贡布仁钦把书一页页打开，后面只有两三个空页了。尔依说，嘿，再添些纸，还有好多事情呢。贡布仁钦说，不会有太多事情了。他觉得一个故事已经到了尾声了。除了土司的故事之外，下一个又会是什么故事呢？但这个故事是到了写下最后几页的时候了。又坐了一会儿，贡布仁钦用眼睛看着行刑人，想，他其实一直都不是一个好的行刑人，他正在变成、正在找到生活和职责中间那个应该存在的小小的空隙，学会了在这个空隙里享受人所要享受的，学会不逃避任何情感而又能举起行刑人的屠刀，但故事好像是要结束了。贡布仁钦抬起头来望着尔依，你想问我什么。行刑人说，我是想问你故事的结局。贡布仁钦没有说话。行刑人说，你说要打仗了，那我说不定又能见到父亲了！

就像一道劈开黑夜的闪电一样，贡布仁钦一下就看到了那个故事的结局。

行刑人告别时，他也没有怎么在意，就像他明天还会再来一样。然后，趁黑夜还没有降临，一口气把那个结局写了下来。他觉得没有必要等到事情真正发生时再来写。现在，他听见笔在纸上沙沙作响。很快，故事就完成了，一个行刑人和他的家世的故事。他觉得自己成了一个巫师，而不是佛教徒了。于是，躺在山洞的深处，大声地哭了起来，贡布仁钦用一只眼睛流泪，一只眼睛看着头上的洞顶挂满了黑色的蝙蝠。

要命的是，他还不想死去。记叙历史的时候，比之于过去沉迷于宗教的玄想里，更能让他看到未来的影子。写下一个人的故事时，他更是提前看到了结局。他静静地躺在山洞的深处，被一种不知从何而来的快乐充满。后来，蝙蝠们飞翔起来。贡布仁钦知道天已经黑了。他来到洞口，对着星光下那条小路说，对不起了，朋友，我怎么能把所有的一切都告诉你。

小路在星光下闪烁着暗淡白光，蜿蜒着到山下去了。

行刑人刚到山下就接到通知，明天马上出发。

土司家的下人把马牵到门口，说，带上所有的刑具，明天天一亮听见有人行动就立即出发。土司家的下人晃晃他那从来没有揍过人的拳头，说，要给那个家伙最后的一击。尔依就知道，这一次是真正要打一仗了。而他的工具都在一个个牛皮袋子里装得好好的，并不需要怎么收拾。只要装进褡裢，到时候放在马背上就是了。

官寨那边人喊马嘶，火把熊熊的光芒把一角天空都映红了。

尔依看到土司站在官寨前面的平台上，看着自己会叫任何力量土崩瓦解的队伍正从四面八方汇聚而来。行刑人看着站在高处的主子，不知道他为什么要进行又一次进攻。罂粟已经不可避免地扩散到了每个土司的领地。土司的位子他也得到了。行刑人实在想不出来，那个脑袋里还有什么可想的。行刑人总是对人体的部位有着特别的兴趣。这个兴趣使他走到土司面前，去看他那有着那么多想法的脑袋。这在下人是极不应该的。

土司一声怒喝，行刑人才清醒过来。赶紧说："贡布仁钦已经写完一本书了。"

土司说："他是个聪明人的话，写我哥哥的那一本是到结束的时候了。"土司说，"看看吧，你服侍的人都是比你有脑子的人。"

行刑人说："还是老爷你最有脑子。"

土司说："天哪，我可不要行刑人来谈论我有没有脑子。他会想到取下来看看里面有什么不一样的东西。"

行刑人就在黑暗中笑了起来。

土司说："对了，那个姑娘可不大喜欢你，不过你的眼力不错，我会把她给我的行刑人的，不过，只有等回来以后了。"土司又问，"你真正是想要她吗？"

尔依说："想。"

土司说："哦，她会觉得自己是最苦命的女人。"围着主子的下人们就一齐大笑起来。这时，队伍在不断聚集。火把熊熊燃烧，寺庙那边传来沉沉的鼓声和悠长的号声，那是喇嘛们在为土司的胜利而祈祷。尔依好不容易才穿过拥挤的广场，回到了家里。而且直接就走进了那有很多衣服的房间。正在想要不要穿上时，就觉得有人走进房子里来了。他说："我的耳朵看见你了。"

不速之客并不作声，就那样向自己走了过来。尔依感到女人的气息扑面而来，虽然同那个雨夜相比淡了一些，但对他来说，也是十分强烈的了。他说："我要打仗去了。"话还没有说完，女人的气息连着女人身子的温软全都喂到了他的口里。行刑人一下就喘不过气来了。外面的鼓声还在咚咚地响着，尔依已经有了几次经历，就像骑过了一次马就知道怎样能叫马奔跑，懂得了怎样踩着汹涌的波浪跃入那美妙的深渊。很快，鼓声和喧嚣都远去了。行刑人觉得自己像一只大鸟张开翅膀，在没有光线的明亮里飞翔。后来，他大叫起来："我掉下来了！掉下来了！"

女人说："我也掉下去了。"然后翻过身，伏在了尔依的胸口上。

尔依就说："叫我看看你吧。"

女人说："那又何必呢？就把我想成一个你想要的女人，你最想要的那一个。"

尔依说："我只对土司说过。"

女人笑笑，说："我不知道，但我知道每个人都有一个想要的人的。你还是给我报酬吧。"

尔依说："拿去吧，你的首饰。"他又说，"我再给你加一件衣服吧。"女人说她想要一件披风。尔依果然就找到了一件披风，还是细羊毛织的。尔依说，要是土司再不给我女人，你会叫我变成一个穷人的。女人笑笑。一阵风声，尔依知道她已经把那东西披到身上了，她已经是受刑的人了。果然女人说，我本来是不怕你的，可现在我害怕你。尔依就用很凶的口吻说，照我话做，行刑人不会把你怎么样的。女人就换了声音说，好吧，我听你的吩咐。行刑人说，我要点上灯看看你，人家说我家的灯是用人油点的，你不害怕吗？那个女人肯定害怕极了，但还是说，我不害怕，你点灯吧。行刑人点灯的手在这会儿倒颤抖起来，不是害怕，而是激动，一个得到过的女人就要出现在自己面前了。灯的光晕颤动着慢慢扩大，女人的身影在光影里颤动着显现出来。她的身体，她那还暴露在外的丰满的乳房，接着就是脸了。那脸和那对乳房是不能配对的。她不是行刑人想到过的任何一个女人，而是从没想到过的。那天的事情发生过后，尔依白天去找那个想象里的脸时，从她身边走过时，还扔给她一点碎银子叫她给自己那三个没有父亲的孩子换一点吃的东西。那几个崽子长得很壮，但都是从来没有吃饱的样子。行刑人看着眼前这个女人从来没有干净过一天的脸，说不出话来。而那件衣服叫她在行刑人面前不断地颤抖。尔依劈手扯下那件漂亮的披风。女人清醒过来，一下就蹲在地上了。尔依还是无话可说，那女人先哭起来了。她说，我人是不好的，我的身子好，可你为什么要这样做，为的是什么？

尔依说，再到箱子里拿点东西就走吧，我不要你再来了。女人没拿什么就走了。尔依听到她一出房子就开始奔跑。然后，声音就消失在黑夜里了。行刑人睡下后，却又开始想女人。这回，他想的不是那个姑娘，而是刚刚离开的那个女人。他又想，明天我要早点醒来，我要去打仗了。

果然，就睡着了。

果然，在自己原来想醒来的那个时候准时醒来。

战争迅速地开始。这一次，没有谁能阻止这支凶猛的队伍奋勇前进。尔依的刀从第一天就没有闲着。对方大小头领被俘获后都受到更重的刑罚。土司说，我要叫所有人知道，投降是没有用处的。短短一段时间，尔依把所有刑具都用了不止一遍。岗托还叫他做了些难以想象的刑罚，要是在过去，他的心里会有不好的滋味，手也会发抖的。比如一个带兵官，土司叫尔依把他的皮剥了。行刑人就照着吩咐去做，只是这活很不好干，剥到颈子那里，刀子稍深了一点，血就像箭一样射出来。那么威武的一个人把地上踢出了一个大坑，挣松了绳子往里一蹲就死了。土司说，你的手艺不好。尔依知道是自己的手艺不好，他见到过整张的人皮，透亮的，又薄又脆的，挂在土司官寨密室里的墙上，稍稍见点风就像蝉翼一样振动。那是过去时代里某个尔依的杰作。可惜那时没有贡布仁钦那样被自己的奇怪想法弄疯了的喇嘛把这个尔依记下来。官寨里的那间密室是有镇邪作用的。除了那张人皮，还有别的奇怪的东西。好像妖魔们总是害怕奇怪的东西，或者是平凡的东西构成一种奇妙的组合。比如乌鸦做梦时流的血，鹦鹉死后长出来的艳丽羽毛。想想这些东西放在一起是什么样子吧。尔依确实感到惭愧，因为自己没有祖先有过的手艺。土司说，不过这不怪你，现在，我给了你机会，不是随便哪个尔依都能赶上了这样的好时候。行刑人想对主子说，我不害怕，但也不喜欢。但战线又要往前推进了。

战争第一次停顿是在一个晚上，无力招架的白玛土司送来了投降书，岗托土司下令叫进攻暂时停顿一下。枪声一停，空气中的火药味随风飘散。山谷里满是幽幽的流水声响。一个晚上，他都坐在一块迎风的岩石上，望着土司帐篷里的灯光。他知道，主子的脑子是在想战争要不要停下来，要不要为自己的将来留下敌手。很多故事里都说，每到这样的时候，土司们都要给必定失败的对手一线生机。因为，故事里的英雄般的土司想到，敌手一旦完蛋，自己在这一大片土地上就会十分孤独了。一个人生活在一大群漂亮的女人中间，一大群梦里也不会想到反抗一下的奴隶们中间，过去的土司都认为这样无忧无虑的日子是没有多大意思的，所以，从来不把敌手彻底消灭。但这个土司不一样。他去过别的土司从来没有到过的地方，所以，他决定要不要继续发动进攻就是想将来要不要向着更远的没有土司的地方——东边汉人将军控制的地方和西边藏人的喇嘛们控制的地方发起进攻。到天快亮的时候，林子里所有的鸟儿都欢叫起来，这样的早晨叫人对前途充满信心。土司从帐篷里走出来。雾气渐渐散开，林中草地上马队都披上了鞍具，马的主人们荷枪实弹只要一声令下就可以出发了。土司露出了满意的笑容。他叫道:“你们懂得我的心!”

人们齐声喊:“万岁!”

土司又喊:“行刑人!”

尔依提着刀,快步跑到土司面前,单腿跪下。人群里就爆出一声“好”来。他们是为了行刑人也有着士兵一样的动作。

土司又叫:“带人!”

送降书的两个人给推上前来。

土司在薄雾中对尔依点点头,刀子在空中画出一圈闪光,一个脑袋飞到空中,落下时像是有人在草地上重重踏了一脚一样发出沉闷的声音。那人的身子没有立即倒下,而是从颈子那里升起一个血的喷泉,汩汩作响,等到血流尽了,颈口里升起一缕白烟,才慢慢倒在地上。行刑人在这个时候,看到那个只有一只耳朵的脑袋。他就是那个曾经放过自己一次的人。刀停在空中没有落下。那人却努力笑了一下,说,我们失败了,是该死的,你老不放下刀子我不好受呢。尔依的刀子就下去了。这次,那个脑袋跳跳蹦蹦到了很远的地方。土司说,你是个不错的家伙,来人,带他到女人们那里去。尔依知道,队伍里总是有女人。有点容貌的女俘虏都用来作为对勇敢者的奖赏。作为行刑人,他大概是被像战士一样看待而受此奖赏的第一个。那是一个表情漠然的女人，看到有人进来，就自己躺下了。这个早上，尔依走向他生命中的第二个女人。女人就像这个早上一样平静。尔依还是很快就激动起来了。这时，林子里的马队突然开始奔跑的声音像风暴陡然降临一样，一直刮向了很远的地方。尔依等到那声音远去，才从女人身上起来，跨上自己驮着刑具的马上路了。遇到绑在树上的人他就知道那是俘虏，是该他干的活，连马也不下，先一刀取下一只耳朵，说，朋友，我们的土司要看俘虏的数目，这才一刀挥向脑袋。他对每一个临死的人都做了说明。把耳朵收进袋子里，一刀砍下他们的脑袋，却连马都不用下，一路杀去，心里充满胜利的感觉。他说，我们胜利了。再遇到要杀的人，他就说，朋友，我们胜利了。一刀，脑袋就骨碌碌地滚下山坡。行刑人回回头，看见那些没有了头颅的身子像是一根根木桩。一只又一只的乌鸦从高处落下来，歇在了那些没有头颅的身子上了。那些乌鸦的叫声令人感到心烦意乱。时间一长，尔依老是觉得那些黑家伙是落在自己头上了。越到下午这种感觉就越是厉害。他想这并不是说自己害怕。但那些乌鸦确实太疯狂了。到后来，它们干脆就等在那些绑着人的树上，在那里用它们难听的嗓门歌唱。行刑人刚刚扯一把树叶擦擦刀，马还没有走出那棵树的阴凉，那些黑家伙就呱呱欢叫着从树上扑了下来。

乌鸦越来越多，跟在正在胜利前进的队伍后面。它们确实一天比一天多，失败的那一方，还没有看到进攻的队伍，就看见那不祥的鸟群从天上飘过来了，使正在抵抗的土司准备接受命运的安排。可是，又一次派去求降的人给杀死了。

岗托土司说，这下白玛土司该知道他犯下的是什么样的错误了吧。

白玛土司确实知道自己不该和一个斗不过自己兄弟的人纠合在一起。于是把在绝望中享受鸦片的女婿绑起来，连夜送到岗托土司那里去了。这一招，岗托土司没有想到。他没有出来见见自己的兄长，只从牙缝里挤出个字来，说，杀。岗托家从前的大少爷说，我知道他要杀我，但我只要见一见他。土司还是只传话出来，还是牙痛病人似的从牙缝里咝咝地吐着冷气，还是那一个字，杀！

尔依没有想到自己的从前的主子就这样落到了自己的手上，心里一阵阵发虚，说："大少爷你不要恨我。"

大少爷用很虚弱的声音说："我累得很，给我几口烟抽，不然我会死得没有一点精神的。岗托家的人像这样死去，对你们的新主子也是没有好处的。”

尔依暂停动手，服侍着从前的主子吸足了鸦片。

大少爷黯然的眼睛里有了活泼的亮光，他对尔依说：“你父亲刀法娴熟，不知道你的刀法如何？”

尔依说：“快如闪电。”

“那请你把我的手解开，我不会怕死的。”

尔依用刀尖一挑，绳子就落在地上了。大少爷抬起头来还想说什么，尔依的刀已经挥动了。大少爷却把手举起来，尔依想收住刀已不可能了。看到先是手碰在刀上，像鸟一样飞向了天空，减去了力量的刀落到了本身生来高贵的少爷颈子上，头没能干净利落地和身体分开。本来该是岗托土司的人，在一个远离自己领地中心的地方倒了下去，他的嘴狠狠地啃了一口青草。他的一只眼睛定定地看着一个地方。行刑人顺着他的眼光看去，才知道是他那只飞向了空中的手落在树枝上，伸出手指紧紧地攀在了上面，随着树枝的摇晃在左右摆荡。无论如何，这样的情形都不是令人愉快的。岗托土司从帐篷里钻出来，他用喑哑的声音对行刑人说：“你的活干得不漂亮。在他身上你的活该干得特别漂亮。”

尔依只感到冷气一股股窜到背上，前主子的血还在草从里汩汩地流淌。那声音直往他耳朵里灌，弄得他的脑袋像是一个装酒的羊胃一样不断膨胀着，就要炸开了。他想这个人是在怜惜他哥哥的生命呢。他只希望土司不要看到吊在树上的那只手。但土司偏偏就看见了。土司从牙缝里说："我叫你砍下他的手了吗？"

行刑人无话可说，就在主子跟前跪了下来。他知道土司十分愤怒。不然不会像牙痛一样从牙缝里咝咝地挤出话来。他闭着眼睛等刀子落在自己脖子上，等待的过程中那个地方像是有火烤着一样阵阵发烫。但土司没有用刀子卸下他的头颅，而是悄声细语地说："去，把哥哥的手从树上取下来。"

那棵桦树的躯干那样的笔直光滑，行刑人好不容易挣上去一段又滑了下来。人们都静静地看着他像一头想要变成猴子的熊一样在那一小段树干上，上去又下来，下来又上去。尔依怕人们嘲笑，但现在，他们固执的沉默使空气都凝固了。他倒是希望人们笑一笑了。但他们就是不笑。这样行刑人就不是一个出丑的家伙，而是一个罪人了。这些人他们用沉默，固执的沉默增强了行刑人有罪的感觉。行刑人的汗水把树干都打湿了。他知道自己无论如何也爬不上去。

这时，是土司举起枪来，一枪就把那段挂着断手的树枝打了下来。尔依看到，断手一落地，大少爷的眼睛就闭上了。

行刑人想，那一枪本来是该射向自己的。于是，就等待着下一声枪响，结果却是土司说："你把他的手放回到他的身边吧。"那声音有着十分疲惫而对什么都厌倦至极的味道。尔依根本不能使那五根攥住一根树枝的手指分开。除非把它们全部弄断才行。于是，那只手就拿着一段青青的树枝回到了自己的身体旁边。那些树叶中间还有着细细的花蕾。这样的一段树枝就这样攥在一只和身体失去了联系的手里，手已经流尽了最后一滴血，死了，而那树枝依然生气勃勃。更叫行刑人感到难堪的是，死去的人头朝着一个方向，身子向着另一个方向。中间只留下很少的一点联系。行刑人知道这都是自己解开了那绳子才造成的。这才让杀了自己兄长的岗托土司把愤怒转移到了他的身上，他说，你看你叫一个上等人死得一点都不漂亮。还说，我看你不是有意这样干的吧？尔依还发现，这一年春天里的苍蝇都在这一天复活了，突然间就从藏身过冬的地方扑了出来，落满了尸体上巨大的伤口。行刑人就像对人体的构造没有一点了解一样，徒然地要叫那断手再长到正在僵硬的身体上去。结果却弄得自己满手是血，大滴大滴的汗水从额头上一直流进他的嘴里。土司说：“你是该想个什么办法叫主子落下个完整的尸首。”好像不是他下令叫自己的兄长身首异处的。

土司说完这话，就到前面有枪响的地方去了。

太阳越来越高，照得行刑人的脑子里嗡嗡作响，好像是那些吸饱了血的苍蝇在里面筑巢一样。尔依还坐在烈日下，捧着脑袋苦苦思索。想到太阳落山的时候，连那些嗡嗡歌唱的苍蝇都飞走了。还是天葬师朋友帮助他解决了这个难题。行刑人看着递到手里的针线。这些东西是士兵们缝补靴子用的，针有锥子那么粗，线是牛筋制成的。天葬师告诉行刑人有些身首异处的人在他手里都是缝好了，接受了超度才又一刀刀解开的。行刑人就把那似掉非掉的脑袋缝拢来，然后是手。虽然针脚歪歪扭扭的，但用领子和袖口一遮看起来就是一个完整的人了。

土司回到营地就没有再说什么。

但这并不能使行刑人没有犯罪的感觉。他老是想，我把主子杀了。在这之前，不管是杀主子的太太，还是眼下杀了做丈夫的，都没有负罪之感，倒是下令杀人的主子帕巴斯甲一句话就叫他有了。心里有了疑问，以前都是去问被自己割了舌头的贡布仁钦的。现在，战事使他们相距遥远。尔依又想起过去父亲总是想告诉他些什么的，但自己总是不听。现在，父亲可能正在对面不远的那一条山沟的营地里吧。夜色和风把什么界限都掩藏起来，叫行刑人觉得过去找父亲是一件非常容易的事情。他想，关于行刑人命运的秘密如果有个答案的话，就只能是在父亲那里。行刑时，他总是慢慢吞吞地，但活总是干得干净漂亮，晚上也睡得很香。不行刑的时候，又总是在什么地方坐着研磨草药。

尔依就从营帐里出来上路了。夜露很重，一滴滴从树上落向头顶，仿佛一颗颗星星从天上落到下界来。走不多远，就给游动的哨兵挡回来了。

行刑人望着天边已经露出脸来的启明星，从枕头下抽出来一件死人衣服，想这是个什么人呢？

第一件不对，刚穿上一阵冷气就袭上身来，尔依知道这人临刑时已经给恐惧完全压倒了。尔依赶紧脱下，不然尿就要滴在裤子里了。第二件衣服穿上去又是愤怒又是绝望。第三件衣服才是所需要的。起初，它是叫人感到沉浸在黑暗和寒冷里，不是因为恐惧，而是因为孤独。尔依从树丛里走出来，星光刚刚洒落在上面，衣服立即就叫人觉得身体变得轻盈，沿着林中隐秘的小路向前，双脚也像是未曾点地一样。现在，他看事情和没有穿上这件衣服时是大不一样了。星光下树木花草是那么的生动，而那些游动的哨兵却变得有些古里古怪的，像是一些飘忽的影子。他们在路口上飘来飘去的，却没有人上前来阻挡他。行刑人走过一个又一个的路口，涉过一条又一条的溪流，他知道都是身上这件衣服的功劳。于是，他问道，朋友，你是什么人，因为什么事情落到了我的先辈手上。问完，自己就笑了，一件衣服怎么可能回答问题呢。但他马上就听到自己的嘴巴说，我是一个流浪的歌者，我是在以前的土司母亲死时歌唱而死的。你知道我们热巴是边走边唱，到了你们的地界我就犯了禁了。尔依赶紧捂住了自己的嘴巴。作为一个行刑人，他并不想知道太多死人的事情，但还是知道这个人是父亲杀死的，知道这个歌者死前还是害怕的。他害怕自己会太害怕就开始在心中唱歌，唱到第三个段子时候就完全沉溺到歌的意境里了。人就挣脱了绳子的束缚，走在有着露水、云彩、山花的路上了。所以，行刑人的刀砍下去的时候，灵魂已经不在躯体里了。

尔依穿着这个人的衣服，飘飘然走在路上。他想，找到父亲时要告诉他有一个人不是他杀死的，因为在行刑人动手的时候，那个人已经灵魂出窍了。就在这个时候，尔依看到天边升起了红云，雀鸟们欢快地鸣唱起来。天一亮，衣服的魔法就消失了。本来，这里该是对方的地盘，但在他出发上路的同时，战线也悄悄往前推进了。岗托土司的队伍一枪没开就端掉了白玛土司的一个营地。尔依从树林里出来，正好碰到他们把俘虏集中到一起。

尔依眨眨眼睛说不出话来。

尔依想起身边没有带着刑具，汗水一下就下来了。行刑人哑着嗓子问土司："这么多人都要杀吗？"

"我取得了那么大的胜利，俘虏比我原来的军队还多，会叫人睡不着觉的。"土司说，"这些道理你不容易明白，我还是赏你一把刀吧。那天杀你的老主子时，我看你刀不快。"

行刑人看看手里的刀，认出这是父亲的家什。

士兵们看行刑人杀俘虏几乎用去了半天时间。杀到最后一个人，尔依看他十分害怕，连眼睛都不会眨一下，就对他说，害怕你就把眼睛闭上吧。那人说，谢谢你，你和我们的行刑人一样温和。尔依说，你们的行刑人？他在哪里？那人摇摇头说，我想他逃脱了。找到话说，那人脸上的神情松弛了，眼睛也可以眨动，尔依就趁这时候一刀下去，头落在地上时，那表情竟然完全松弛，眼睛也闭上了。行刑人做完这些事情，在水沟边上简单地洗洗，也不吃点东西，倒在草地上就睡着了。

晚上，他在山风里醒来。

星星一颗颗从越来越蓝的天幕里跳出来。他突然想唱歌。因此知道那个带着歌者灵魂的衣服还在自己身上，到了晚上，它就自动恢复了魔力。衣服想叫尔依唱歌却又不告诉他该怎么唱好。老是行刑，就是肚子里有优美的歌词，也叫好多乱七八糟的东西全部堵在嗓子眼里了。于是，流浪歌者的魔力就从嗓子下去，到了双脚，行刑人翻身坐起来，紧紧靴带又上路了。一个人穿过一片又一片黑压压的杉树林，穿过一些明亮的林中草地。他是一个人在奔向两个人的目的地。一个是行刑人的，他要在父亲永远消失之前见他一面，告诉他自己服从行刑人的规矩；告诉他这次回去土司就要赐给一个由他自己挑选的女人；还要告诉他，如果父亲被俘的话，土司肯定要叫儿子杀掉他。当儿子的，在那个时候到来之前，要先去请求父亲原谅自己，如果那个时候当儿子的下不了手，或者拒不从命，那就不是个好行刑人。这件衣服包裹着的身体里还隐藏着一个歌者的目的地。尔依现在充分体会到了做一个行刑人是多么幸福。至少是比做一个流浪的歌者要幸福。在这条倾洒着熠熠星光的路上，在流浪艺术家的衣服下面，尔依感到歌者永远要奔向前方，却不知道前面有什么东西等着自己。这样的人是没有幸福的。所以就把奔波本身当成了一种幸福。那种幸福的感觉对行刑人没有多大的意义，但对一个流浪艺术家来说，是非常重要的。这种感觉叫奔走的双脚感到了无比的轻松。

尔依在这件衣服的帮助下越过了再次前移的边界。

刚刚从山谷里涉水上岸，尔依就落到陷马坑里了。人还没有到坑底，就牵响了挂在树上的铃铛。岗托土司家的行刑人就这样落在了白玛土司手里。尔依看到围着陷阱出现了一圈熊熊的火把。人们并没有像对付猛兽那样把刀枪投下，而是用一个大铁钩把他从陷阱里提出来。尔依看见这些人的脸在熊熊的火把下和那些临刑的人有些相似，担惊受怕，充满仇恨、迷乱，而且疯狂。尔依知道自己不应该落到这些人的手上，可是已经没有任何办法了。他们把他当成了探子。这是一群必然走向灭亡的家伙，他们能捉住对方一个探子，并且叫他饱受折磨，就是他们苟活的日子里最后的欢乐。尔依被钩子从陷阱里拉上来，立即就被告知，不要幻想自己可以痛快地去死。

尔依说："我是来看我的父亲的。我不是探子。是你们营里行刑人的儿子。是岗托土司家的行刑人。"

那些人说："你当然不是行刑人，而是一个探子。"更有人说："就算是行刑人吧，我们都快完蛋了，不必守着那么多该死的规矩。"

好在白玛土司知道了，叫人把岗托家的行刑人带进自己的帐篷。

这个白玛土司是个瘦瘦的家伙。隔着老远说话，酒气还是冲到了尔依脸上。白玛土司说："我眼前的家伙真是杀了自己从前主子的那个尔依？我这里的那个老尔依的儿子？"

年轻的行刑人说："我就是那个人。老爷只要看看我的样子就知道了。"

白玛土司说："我的人知道我们不行了，完蛋之前什么事情都会做出来的。"

行刑人说："这个我知道。来的时候没有想到，现在知道了。我只是要来看看父亲。两弟兄打仗把我们分开了。我也知道你们要完了，在这之前，我想看看父亲，还想带母亲跟我走。这次得胜回去，我的主子就要给我一个女人，母亲可能高兴看到孙子出世。”

“可你落在陷阱里了。”白玛土司说，“开战这么久，我的人挖了那么多陷阱，没有岗托家的一个人一匹马掉进去。如果我把你放了，就是因为失败而嘲讽忠于我的士兵。”听了这话，尔依感到了真切的恐惧。好在帐篷里比较阴暗，那件衣服在那样的光线能够给他一些别样的感觉，叫他不去想自己突然就要面对的死亡。白玛土司说：“当然，要是今天你得胜的主子不发起新的进攻，我会叫你见到父亲。”

尔依低声说：“谢谢你。”

白玛土司说：“听哪，你的声音都叫你自己吞到肚子里去了。你真有那么害怕吗？”土司说，作为一个行刑人，作为一个生活在这样时代的人，他都不该表现得这样差劲，想想站在这里的人一个个都没有多长时间好活了，想想你的死可以给这些绝望了的人一点力量，还有什么值得遗憾的。

尔依就笑了起来，说：“天哪，真是的，想想我都杀了你多少人了。”

白玛土司说：“对了，男子汉就该这样。在往阴间去的路上，你要是走慢一点，我会赶上来，那时你就可以做我的行刑人，我保证岗托家的兵马在那个地方绝对没有我白玛家的那么强大。为了这个，”白玛土司说，“你可以选择，一个是叫我们的行刑人，也就是你的父亲杀死你，那样就是按照规矩，你不会有很多的痛苦。如果把你交到士兵们手里，肯定是十分悲惨的。”

尔依对白玛土司说：“你这样做，我就是下地狱也不会做你的行刑人。”

尔依又说：“先叫我见见父亲。那时，我才知道该是个什么死法。”

尔依的愿望得到了满足，他被人从土司帐篷里粗暴地推出来。他觉得这些人太好笑了，于是就回头对那个人说：“不要这样，我杀过很多人，要是我记下数目，总有好几百个吧，可我没有这样对待过他们，我父亲教会我不像你这个样子。”那人的脸一下扭歪了，狠狠一拳砸在尔依脸上。尔依想揩揩脸上的血，但手是绑着的。这时，父亲从一顶帐篷里出来了。尔依看到他明显地老了。腰比过去更深地弯向大地，显示出对命运更加真诚的谦恭。刚刚从昏暗中来到强烈的太阳下面，老行刑人的双眼眯着，好久才看到人们要叫他看的人是自己的儿子。作为失败一方的行刑人，根本没有机会动动他的刀子，倒是药膏调了一次又一次还是不敷使用。他抱怨自己都成了医生了。他说，在死去之前，可能连再做一次行刑人的机会都没有了。就在这个时候，他被告知抓到俘虏了，他就说："这个时候，没有什么俘虏有运气活下来。"但当他看清那个人是自己的儿子，身子禁不住还是摇晃了一下。他努力站稳脚跟，看着儿子走到面前，问："真的是你吗？"

尔依说："我是岗托土司家的行刑人尔依，也是你的儿子。"

老尔依说："你来干什么？"

尔依说："我想在你们最后的时刻没有到来之前，来向我的父亲讨教，要是那时我的主子叫我杀死敌方的行刑人，也就是你，我该怎么办。我还想把我的母亲接回去，土司已经同意赐给我自己相中的女人了。"

父亲说："你没有机会了，儿子，他们不会放过你的。"

儿子说："我还没有得到自己的女人，这下，尔依家要从这片土地上彻底消失了。"儿子突然在父亲面前跪下了，说，"我愿意死在父亲手上，我落在那个该死的陷阱里了，我害怕那些人，我愿意死在老尔依的手上。"

父亲说："当然，儿子，不这样的话，那些家伙连骨油都要给你榨出来。但我要你原谅我不叫你和母亲告别，她也没有多长时间了，叫她不必像我们行刑人尔依一样的伤心吧。”父亲又说，感谢他在最后的日子里把母亲送到自己身边来，他说他知道儿子是一个好人，也就是一个好行刑人。因为行刑人没有找到一个尺度时，做人也没有办法做好。父亲说，我去告诉我的主子，这件活叫我来干。

尔依在这时完全镇静下来了。他对着父亲的背影大声说：“你对他说，不然你就没有机会当行刑人了！”

老尔依去准备刑具。白玛土司又把尔依叫进了帐篷。他要赐给这个人一顿丰盛的食物。尔依坚定地拒绝了。他告诉土司说：“你已经没有了赐予人什么的资格。”白玛土司没有发火，他问岗托的行刑人理由何在。尔依说：“你杀我这样一个人还有一点贵族的风度吗？你已经没有了王者的气象。”

白玛土司说，是没有了，但你就要没命了。白玛土司还说，没有了风度的贵族还是贵族，到那天到来时，他不想岗托土司叫行刑人来结果自己的性命，他说，我要你的主子亲自动手，起码也是贵族杀死贵族。就像现在行刑人杀死行刑人一样。尔依在这个时候表现出了应有的风度。他说，对一个守不住自己江山的人，他没有什么话好说了。转过身来就往河岸上走去。他想在这个地方告别世界。尔依想了想自己还有些什么事情。结果想到的却是在山洞里的贡布仁钦喇嘛。他会知道尔依最后是如何了断的吗？行刑人这时有一种感觉，自己完全像是为那个没有舌头的人写一个像样点的故事而来到这个世界上的。但他没有想到贡布仁钦在他们告别的时候就突然一下看到了现在这个结局，并且当即就写了下来。故事写完，行刑人在那个没有舌头的人那里就已经是遥远的回忆了。尔依走下河岸的时候，贡布仁钦正在山洞口的阳光里安坐。战争推进到很远的地方，一群猴子从不安宁的地方来到山洞门前，喇嘛面对着它们粲然一笑。好多天了，时间就这个样子在寂静中悄然流逝。这天，尔依走向自己选定的刑场的时候，一只猴子把一枝山花献到了没有舌头的贡布仁钦面前。

这时，岗托土司家的最后一个行刑人正在走向死亡。

尔依想起自己该把那件帮助他来到这里的有魔力的衣服脱下来。他要死的时候是自己。要看看没有了那件艺术家的衣服自己是不是还能这么镇定自若。但那些人不给他松绑。还是父亲用刀一下一下把衣服挑成碎布条，从绳子下面抽了出来。父亲举起了刀，儿子突然说：“屋里那些老衣服都是有魔力的。”

父亲说：“这个我知道。你还有什么要告诉我的吗？我老了，你不要叫我的手举起来又放下。”

儿子说："贡布仁钦在写我们尔依家行刑的事呢。"

"我想他的书该写完了。"刀子又举起来了。

尔依说："阿爸啦，我的嘴里尽是血和蜂蜜的味道。"这是一句悄声细语，最后一个字像叹息一样刚出口，刀子又一次举起来。但这次是父亲停下了，他说："对不起儿子，我该告诉你，你阿妈已经先我们走了。"说完刀子辉映着阳光像一道闪电降落了。父亲看见儿子的头干净利落地离开了身体，那头还没有落地之前，老行刑人又是一刀，自己的脑袋也落下去了。

两个头顺着缓坡往下滚，一前一后，在一片没有给人践踏的草地上停住，虽然中间隔了些花草什么的，但两个头还是脸对着脸，彼此能够看见，而且是彼此看见了才慢慢闭上了双眼。

月光里的银匠

在故乡河谷，每当满月升起，人们就说：“听，银匠又在工作了。”

满月慢慢地升上天空，朦胧的光芒使河谷更加空旷，周围的一切都变得模糊而又遥远。这时，你就听吧，月光里，或是月亮上就传来了银匠锻打银子的声音：叮咣！叮咣！叮叮咣咣！于是，人们就忍不住要抬头仰望月亮。

人们说：“听哪，银匠又在工作了。”

银匠的父亲是个钉马掌的。真正说来，那个时代社会还没有这么细致的分工，那个人以此出名也不过是说这就是他的长处罢了——他真实的身份是洛可土司的家奴，有信送时到处送信，没信送时就喂马。有一次送信，路上看到个冻死的铁匠，就把那套家什捡来，在马棚旁边砌一座泥炉，叮叮咣咣地修理那些废弃的马掌。过一段时间，他又在路上捡来一个小孩。那孩子的一双眼睛叫他喜欢，于是，他就把这孩子背了回来，对土司说："叫这个娃娃做我的儿子、你的小家奴吧。"

土司哈哈一笑，说："你是说我又有了一头小牲口？你肯定不会白费我的粮食吗？"

老家奴说不会的。土司就说："那么好吧，就把你钉马掌的手艺教给他。我要有一个专门钉马掌的奴才。"正是因为这样，这个孩子才没有给丢在荒野里喂了饿狗和野狼。这个孩子就站在铁匠的炉子边上一天天长大了。那双眼睛可以把炉火分出九九八十一种颜色。那双小手一拿起锤子，就知道将要炮制的那些铁的冷热。见过的人都夸他会成为天下最好的铁匠，他却总是把那小脑袋从抚摩他的那些手下挣脱出来。他的双眼总是盯着白云飘浮不定的天边。因为养父总是带着他到处送信，少年人已经十分喜欢漫游的生活了。这么些年来，山间河谷的道路使他的脚力日益强壮，和土司辖地里许多人比较起来，他已经是见多识广的人了。许多人他们终生连一个寨子都没有走出去过，可他不但走遍了洛可土司治下的山山水水，还几次到土司的辖地之外去过了呢。

有一天，父亲对他说："我死了以后，你就用不着这么辛苦，只要专门为老爷收拾好马掌就行了。”

少年人就别开了脸，去看天上的云悠悠地飘到了别的方向。他的嘴上已经有了浅浅的胡须，已经到了有自己想法，而且看着老年人都有点嫌他们麻烦的年纪了。父亲说：“你不要太心高，土司叫你专钉他的马掌已经是大发慈悲了，他是看你聪明才这样的。”

他又去望树上的鸟。其实，他也没有非干什么，非不干什么的那种想法。他之所以这样，可能是因为对未来有了一点点预感。现在，他问父亲：“我叫什么名字呢，我连个名字都没有。”

当父亲的叹口气，说：“是啊，我想有一天有人会来告诉我你叫什么名字，那他们就是你的父母，我就叫他们把你带走，可是他们没有来。让佛祖保佑他们，他们可能已经早我们上天去了。”当父亲的叹口气，说，“我想你是那种不甘心做奴隶的人，你有一颗骄傲的心。”

年轻人叹了口气说：“你还是给我取个名字吧。”

“土司会给你取一个名字的。我死了以后，你就会有一个名字，你就真正是他的人了。”

“可我现在就想知道自己是谁。”于是，父亲就带着他去见土司。土司是所有土司里最有学问的一个，他们去时，他正手拿一匣书，坐在太阳底下一页页翻动不休呢。土司看的是一本用以丰富词汇的书，这书是说一个东西除了叫这个名字之外，还可以有些什么样的叫法。这是一个晴朗的下午，太阳即将下山，东方已经现出了一轮新月淡淡的面容。口语中，人们把它叫作“泽那”，但土司指一指那月亮说：“知道它叫什么名字吗？”

当父亲的用手肘碰碰捡来的儿子，那小子就伸长颈子说：“泽那。”

土司就笑了，说：“我知道你会这样说的。这书里可有好多种名字来叫这种东西。”

当父亲的就说：“这小子他等不及我死了，请土司赐你的奴隶一个名字吧。”土司看看那个小子，问：“你已经懂得马掌上的全部学问了吗？”那小子想，马掌上会有多大的学问呢，但他还是说：“是的，我已经懂得了。”土司又看看他说：“你长得这么漂亮，女人们会想要你的，但你的内心里太骄傲了。我想不是因为你知道自己有一张漂亮的脸吧。你还没有学到养父身上最好的东西，那就是作为一个奴隶永远不要骄傲。但我今天高兴，你就叫天上有太阳它就发不出光来的东西，你就叫达泽，就是月亮，就是美如月亮。”当时的土司只是因为那时月亮恰好在天上现出一轮淡淡的影子，恰好手上那本有关事物异名的书里有好几个月亮的名字。如果说还有什么的话，就是土司看见修马掌的人有一张漂亮而有些骄傲的面孔而心里有些隐隐的不快，就想，即使你像月亮一样那我也是太阳，一下就把你的光辉给掩住了。

那时，土司那无比聪明的脑袋没有想到，太阳不在时，月亮就要大放光华。那个已经叫作达泽的人也没有想到月亮会和自己的命运有什么关系，和父亲磕了头，就退下去了。从此，土司出巡，他就带着一些新马掌，跟在后面随时替换。那声音那时就在早晚的宁静里回荡了：叮咣！叮咣！每到一个地方那声音就会进入一些姑娘的心房。土司说："好好钉吧，有一天，钉马掌就不是一个奴隶的职业，而是我们这里一个小官的职衔了。至少，也是一个自由民的身份，就像那些银匠一样。我来钉马掌，都要付钱给你了。"

这之后没有多久，达泽的养父就死了。也是在这之后没有多久，一个银匠的女儿就喜欢上了这个钉马掌的年轻人。银匠的作坊就在土司高大的官寨外面。达泽从作坊门前经过时，那姑娘就倚在门框上。她不请他喝一口热茶，也不暗示他什么，只是懒洋洋地说："达泽啦，你看今天会不会下雨啊？"或者就说："达泽啦，你的靴子有点破了呀。"那个年轻人就骄傲地想：这小母马学着对人尥蹄子了呢。口里却还是说："是啊，会不会下雨呢？""是啊，靴子有点破了呢。"

终于有一天，他就走到银匠作坊里去了。

老银匠摘下眼镜看看他，又把眼镜戴上看看他。那眼镜是水晶石的，看起来给人深不见底的感觉。达泽说："我来看看银器是怎么做出来的。"老银匠就埋下头在案台上工作了。那声音和他钉马掌也差不多：叮咣！叮咣！下一次，他再去，就说："我来听听敲打银子的声音吧。"老银匠说："那你自己在这里敲几锤子，听听声音吧。"但当银匠把一个漂亮的盘子推到他面前时，他竟然不知自己敢不敢下手了，那月轮一样的银盘上已经雕出了一朵灿烂的花朵。只是那双银匠的手不仅又脏又黑，那些指头也像久旱的树枝一样，枯萎蜷曲了。而达泽那双手却那么灵活修长，于是，他拿起了银匠樱桃木把的小小锤子，向着他以为花纹还需加深的地方敲打下去。那声音铮铮地竟那样悦耳。那天，临走时，老银匠才开口说："没事时你来看看，说不定你会对我的手艺有兴趣的。"

第二次去，他就说：“你是该学银匠的，你是做银匠的天才。天才的意思就是上天生你下来就是做这个的。”

老银匠还把这话对土司讲了。土司说：“那么，你又算是什么呢？”

“和将来的他相比，那我只配做一个铁匠。”

土司说：“可是只有自由民才能做银匠，那是一门高贵的手艺。”

“请你赐给他自由之身。”

“目前他还没有特别的贡献，我们有我们的规矩不是吗？”

老银匠叹了口气，向土司说：“我的一生都献给你了，就把这点算在他的账上吧。那时，你的子民，我的女婿，他卓绝的手艺传向四面八方，整个雪山栅栏里的地方都会在传扬他的手艺的同时，念叨你的英名。”

“可是那又有什么意思呢？”

老土司这样一说，达泽感到深深绝望。不是因为别的，就是因为土司说得太有道理了。一个远远流布的名字和一个不为人知的名字的区别又在哪里，有名和无名的区别又在哪里呢？达泽的内心让声名的渴望燃烧，同时也感到声名的虚妄。于是，他说：“声名是没有意义的，自由与不自由也没有多大的关系，老银匠你不必请求了，让我回去做我的奴隶吧！”

土司就对老银匠说：“自由是我们的诱惑，骄傲是我们的敌人，你推荐的年轻人能战胜一样是因为不能战胜另外一样，我要遂了他的心愿。”土司这才看着达泽说，“到炉子上给自己打一把弯刀和一把锄头，和奴隶们在一起吧。”

走出土司那雄伟官寨的大门，老银匠就说：“你不要再到我的作坊里来了，你的这辈子不会顺当，你会叫所有爱你的人伤心的。”说完，老银匠就头也不回地走了。留下一地白花花的阳光在他的面前，他知道那是自己的泪光。他知道骄傲给自己带来了什么。他把铁匠炉子打开，给自己打弯刀和锄头。只有这时，他才知道自己失去了什么，他才知道自己是十分想做一个银匠，泪水就哗哗地流下来了。他叫了一声：“阿爸啦！”顺河而起的风掠过屋顶，把他的哭声撕碎，扬散了。他之所以没有在这个晚上立即潜逃，仅仅是因为还想看银匠的女儿一眼。天一亮，他就去了银匠铺子的门口，那女子下巴颏夹一把铜瓢在那里洗脸。她一看见他，就把那瓢里的水扬在地上，回屋去了。期望中的最后一扇门也就因为自己一时糊涂，一句骄傲的话而在眼前关闭了。达泽把那新打成的弯刀和锄头放到官寨大门口，转身走上了他新的道路。他看见太阳从面前升起来了，露水在树叶上闪烁着耀眼的光芒。风把他破烂的衣襟高高掀起。他感到骄傲又回到了心间。他甚至想唱几句什么，同时想起自己从小长到现在，从来就没有开口歌唱过。即或如此，他还是感到了生活与生命的意义。出走之时的达泽甚至没有想到土司的家规，所以，也就不知道背后已经叫枪口给咬住了。他迈开一双长腿大步往前，根本就不像是一个奴隶逃亡的样子。管家下令开枪，老土司带着少土司走来说："慢！"

管家就说："果然像土司你说的那样，这个家伙，你的粮食喂大的狗东西就要跑了！"

土司就眯缝起双眼打量那个远去的背影。他问自己的儿子："这个人是在逃跑吗？"

十一二岁的少土司说："他要去找什么？"

土司说："儿子记住，这个人去找他要的东西去了。总有一天他会回来的。如果那时我不在了，你们要好好待他。我不行，我比他那颗心还要骄傲。"管家说："这样的人是不会为土司家增加什么光彩的，开枪吧！"但土司坚定地阻止了。老银匠也赶来央求土司开枪："打死他，求求你打死他，不然，他会成为一个了不起的银匠的。"土司说："那不正是你所希望的吗？”

“但他不是我的徒弟了呀！”

土司哈哈大笑。于是，人们也就只好呆呆地看着那个不像逃亡的人，离开了土司的辖地。土司的辖地之外该是一个多么广大的地方啊！那样辽远天空下的收获该是多么丰富而又艰难啊！土司对他的儿子说：“你要记住今天这个日子。如果这个人没有死在远方的路上，总有一天他会回来的。回来一个声名远扬的银匠，一个骄傲的银匠！你们这些人都要记住这一天，记住那个人回来时告诉他，老土司在他走时就知道他一定会回来。我最后说一句，那时你们要允许那个人表现他的骄傲，如果他真正成了一个了不起的银匠。因为我害怕自己是等不到那一天的到来了。”

小小年纪的少土司突然说：“不是那样的话，你怎么会说那样的话呢？”

老土司又哈哈大笑了：“我的儿子，你是配做一个土司的！你是一个聪明的家伙！只是，你的心胸一定要比这个出走的人双脚所能到达的地方还要宽广。”

事情果然就像老土司所预言的那样。

多年以后，在广大的雪山栅栏所环绕的地方，到处都在传说一个前所未有的银匠的名字。土司已经很老了，他喃喃地说：“那个名字是我起的呀！”而那个人在很远的地方替一个家族加工族徽，或者替某个活佛打制宝座和法器。土司却一天天老下去了，而他浑浊的双眼却总是望着那条通向西藏的驿道。冬天，那道路是多么寂寞呀，雪山在红红的太阳下闪着寒光。少土司知道，父亲是因为不能容忍一个奴隶的骄傲，不给他自由之身，才把他逼上了流浪的道路。现在，他却要把自己装扮成一个用非常手段助人成长的人物了。于是，少土司就说：“我们都知道，不是你的话，那个人不会有眼下的成就的。但那个人他不知道，他在记恨你呢，他只叫你不断听到他的名字，但不要你看见他的人。他是想把你活活气死呢！”

老土司挣扎着说：“不，不会的，他是一个聪明的孩子，他的名字是我给起下的。他一定会回来看我的，会回来给我们家做出最精致的银器的。”

“你是非等他回来不可吗？”

“我一定要等他回来。”

少土司立即分头派出许多家奴往所有传来了银匠消息的地方出发去寻找银匠，但是银匠并不肯奉命回来。人家告诉他老土司要死了，要见他一面。他说，人人都会死的，我也会死，等我做出了我自己满意的作品，我就会回去了，就是死我也要回去的。他说，我知道我欠了土司一条命的。去的人告诉他，土司还盼着他去造出最好的银器呢。他说，我欠他们的银器吗？我不欠他们的银器。他们的粗糙食品把我养大。我走的时候，他们可以打死我的，但我背后一枪没响，土司家养着有不止一个在背后向人开枪的好手。所以，银匠说，我知道我的声名远扬，但我也知道自己这条命是从哪里来的，等我造出了最好的银器，我就会回去的。这个人扬一扬他的头，脸上浮现出骄傲的神情。那头颅下半部宽平，一到双眼附近就变得狭窄了，挤得一双眼睛鼓突出来，天生就是一副对人生愤愤不平的样子。这段时间，达泽正在给一个活佛干活。做完一件，活佛又拿出些银子，叫他再做一件，这样差不多有一年时间了。一天，活佛又拿出了更多的银子，银匠终于说，不，活佛，我不能再做了，我要走了，我的老主人要死了，他在等我回去呢。活佛说，那个叫你心神不定的人已经死了。我知道你是怎么想的，你是想在这里做出一件叫人称绝的东西，你就回去和那个人一起了断了。你不要说话，你是一个伟大的艺术家，但好多艺术家因为自己心灵的骄傲而不能伟大。我看你也是如此，好在那个叫你心神不定的人已经死了。

银匠觉得自己的五脏六腑都叫这个人给看穿了，他问，你怎么知道土司已经死了，那你知道他叫什么名字吗？

活佛笑了，来，我叫你看一看别人不能看见的东西。我说过，你不是普通人，而是一个艺术家。

在个人修炼的密室里，活佛从神像前请下一碗净水，念动经咒，用一支孔雀翎毛一拂，净水里就出现图像了。他果然看见一个人手里握上了宝珠，然后，脸叫一块黄绸盖上了。他还想仔细看看那人是不是老土司，但碗里陡起水波，就什么也看不见了。

银匠听见自己突然在这寂静的地方发出了声音，像哭，也像是笑。

活佛说："好了，你的心病应该去了。现在，你可以丢心落肚地干活，把你最好的作品留在我这里了。"活佛又凑近他耳边说，"记住，我说过你是一个伟大的艺术家。"也许是因为这房间过于密闭而且又过于寂静的缘故吧，银匠感到，活佛的声音震得自己的耳朵嗡嗡作响。

他又在那里做了许多时候，仍做不出来希望中的那种东西。活佛十分失望地叫他开路了。

面前的大路一条往东，一条向西。银匠在歧路上徘徊。

往东，是土司辖地，自己生命开始的地方，可是自己欠下一条性命的老土司已经死了，少土司是无权要自己性命的。往西，是雪域更深远的地方，再向西，是更加神圣的佛法所来的克什米尔，一去，这一生恐怕就难以回到这东边来了。他就在路口坐了三天，没有看到一个行人。终于等来个人却是乞丐。那家伙看一看他说："我并不指望从你那里得到一口吃食。"

银匠就说："我也没有指望从你那里得到什么。不过，我可以给你一锭银子。"

那人说："你那些火里长出来的东西我是不要的，我要的是从土里长出来的东西哩。"那人又说，"你看我从哪条路上走能找到吃食？再不吃东西我就要饿死，饿死的人是要下地狱的。"那人坐在路口祷告一番，脱下一只靴子，抛到天上落下来，就往靴头所指的方向去了。银匠一下子觉得自己非常饥饿。于是，他也学着乞丐的办法，脱下一只靴子，让它来指示方向。靴头朝向了他不情愿的东方。他知道自己这一去多半不会有什么好结果，就深深地叹口气，往命运指示的东方去了。他迈开大步往前，摆动的双手突然一阵阵发烫。他就说，手啊，你不要责怪我，我知道你还没有做出你想要做的东西，可我知道人家想要我的脑袋，下辈子，你再长到我身上吧。这时，一座雪山耸立在面前，银匠又说，我不会叫你受伤的，你到我怀里去吧，这样，你冻不坏，下辈子我们相逢时，你也是好好的。脚下的路越来越难走，那双手却在怀里安静下来了。

又过了许多日子，终于走到了土司的辖地。银匠就请每一个碰到的人捎话，叫他们告诉新土司，那个当年因为不能做银匠而逃亡的人回来了。他愿意在通向土司官寨的路上任何一个地方死去。如果可以选择死法，那他不愿意挨黑枪，他是有名气的，所以，他要体面地，像所有有名声的人都要的那样。少土司听了，笑笑说："告诉他，我们不要他的性命，只要他的手艺和名声。"

这话很快就传到了银匠的耳朵里，但他一回到这块土地上就变得那么骄傲，嘴上还是说，我为什么要给他家打造银器呢。谁都知道他是因为土司不叫他学习银匠的手艺才愤而逃亡的。土司没有打死他，他自然就欠下了土司的什么。现在他回来了，成了一个声名远扬的银匠。现在，他回来还债了。欠下一条命，就还一条命，不用他的手艺作为抵押。人们都说，以前那个钉马掌的娃娃是个男子汉呢。银匠也感到自己是一个英雄了，他是一个慷慨赴死的英雄。他骄傲的头就高高地抬了起来。每到一个地方，人们也都把他当成个了不起的人物，为他奉上最好的食物。这天，在路上过夜时，人们为他准备了姑娘，他也欣然接受了。事后，那姑娘问他，听说你是不喜欢女人的。他说是的，他现在这样也无非是因为自己活不长了，所以，任何一个女人都伤害不了他了。那姑娘就告诉他说，那个伤害了他的女人已经死了。银匠就深深地叹了口气。那姑娘也叹了口气说，你为什么不早点回来呢。你早点回来的话我就还是个处女，你就是我的第一个男人。这话叫银匠有些心痛。他问，谁是你的第一个。姑娘就咯咯地笑了，说，像我这样漂亮的女子，在这块土地上，除了少土司，还有谁能轻易得到呢。不信的话，你在别的女人那里也可以证明。这句话叫他一夜没有睡好。从此，他向路上碰到的每一个有姿色的女人求欢。直到望见土司那雄伟官寨的地方，也没有碰上一个少土司没有享用过的女子。现在，他对那个在少年时代的游戏里曾经把他当马骑过的人已经是满腔仇恨了。

他在心里暗暗发誓，决不为这家土司做一件银器，就是死也不做。他伸出双手说，手啊，没有人我可以辜负，就让我辜负你吧。于是，就甩开一双长腿迎风走下了山冈。

少土司这一天正在筹划他作为新的统治者，要做些什么有别于老土司的事情。他说，当初，那个天生就是银匠的人要求一个自由民的身份，就该给他。他对管家说，死守着老规矩是不行的。以后，对这样有天分的人，都可以向我提出请求。管家笑笑说，这样的人，好几百年才出一个呢。岗楼上守望的人就在这时进来报告，银匠到了。少土司就领着管家、妻妾、下人好大一群登上平台。只见那人甩手甩脚地下了山冈正往这里走来。到了楼下，那紧闭的大门前，他只好站住了。太阳正在西下，他就被高高在上的那一群人的身影笼罩住了。

他只好仰起脸来大声说："少爷，我回来了！"

管家说："你在外游历多年，阅历没有告诉你现在该改口叫老爷了吗？"

银匠说："正因为如此，我知道自己欠着土司家一条命，我来归还了。"

少土司挥挥手说："好啊，你以前欠我父亲的，到我这里就一笔勾销了。"

少土司又大声说："我的话说在这亮晃晃的太阳底下，你从今天起就是真正的一个自由民了！"

寨门在他面前隆隆地打开。少土司说："银匠，请进来！”银匠就进去站在了院子中间。满地光洁的石板明晃晃地刺得他睁不开双眼。他只听到少土司踩着鸽子一样咕咕叫的皮靴到了他的面前。少土司说，你尽管随便走动好了，地上是石头不是银子，就是一地银子你也不要怕下脚呀！银匠就说，世上哪会有那么多的银子。少土司说，有很多世上并不缺少的东西有什么意思呢。你也不要提以前那些事情了。既然你这样的银匠几百年才出一个，我当然要找很多的银子来叫你施展才华。他又叹口气说：“本来，我当了这个土司觉得没意思透了。以前的那么多土司做了那么多的事情，叫我不知道再干什么才好。你一回来就好了，我就到处去找银子让你显示手艺，让我成为历史上打造银器最多的土司吧。”

银匠听见自己说：“你们家有足够的银子，我看你还是给我当学徒吧。”

管家上来就给了他一个嘴巴。

少土司却静静地说：“你刚一进我的领地就说你想死，可我们历来喜欢有才华的人，才不跟你计较，莫不是你并没有什么手艺？”

一缕鲜血就从银匠达泽的口角流了下来。

少土司又说：“就算你是一个假银匠我也不会杀你的。”

说完就上楼去了。少土司又大声说："把我给银匠准备的宴席赏给下人们吧。"

骄傲的银匠就对着空荡荡的院子说，这侮辱不了我，我就是不给土司家打造什么东西。我要在这里为藏民打造出从未有过的精美的银器，我只要人们记得我达泽的名字就行了。银匠在一个岩洞里住了下来。第二天，太阳升起的时候，达泽已经带着他的银匠家什走在大路上了。他愿意为土司的属民们无偿地打造银器，但是人们都对他摊摊双手说，我们肯定想要有漂亮的银器，可我们确实没有银子。银匠带着绝望的心情找遍了这片土地上所有的人：奴隶、百姓、喇嘛、头人。他几乎是用哀求的口吻对那些人说，让我给你们打造一个世界上绝无仅有的银器吧。那些人都对他木然地摇头，那情形好像是他们不但不知道这世界上有着精美绝伦的东西，而且连一点同情心都没有了似的。最后，他对人说，看看我这双手吧，难道它会糟蹋了你们的那些白银吗。可惜银匠手中没有银子，他先把这只更加修长的手画在泥地上，就匆匆忙忙跑到树林里去采集松脂。松脂是银匠们常用的一种东西，雕镂银器时作为衬底。现在，他要把手的图案先刻画在软软的松脂上。他找到了一块，正要往树上攀爬，就听见看山狗尖锐地叫了起来，接着一声枪响，那块新鲜的松脂就在眼前迸散了。银匠也从树上跌了下来，一支枪管冷冷地顶在了他的后脑上。他想土司终于下手了，一闭上眼睛，竟然就嗅到了那么多的花草的芬芳，而那银匠们必用的松脂的香味压过了所有的芬芳在林间飘荡。达泽这才知道自己不仅长了一双银匠的手，还长着一只银匠的鼻子呢。他甩下两颗大愿未了的眼泪，说，你们开枪吧。

守林人却说："天哪，是我们的银匠呀！我怎么会对你开枪呢。虽然你闯进了土司家的神树林，但土司都不肯杀你，我也不会杀你的。"银匠就禁不住倒吸了一口凉气，一时忘形又叫自己欠下了土司家一条性命。人说狗有三条命，猫有七条命，但银匠知道自己是不可能有两条性命的。神树也就是寄魂树和寄命树，伤害神树是一种人人诅咒的行为。银匠说："求求你，把我绑起来吧，把我带到土司那里去吧。"

守林人就把他绑起来，狗一样牵着到土司官寨去了。这是初春时节，正是春意绵绵使人倦怠的时候，官寨里上上下下的人都睡去了。守林人把他绑在一根柱子上就离开了，说等少土司醒了你自己通报吧，你把他家六世祖太太的寄魂树伤了。当守林人的身影消失在融融的春日中间，银匠突然嗅到高墙外传来了细细的苹果花香，这才警觉又是一年春天了。想到他走过的那么多美丽的地方，那些叫人心旷神怡的景色，他想，达泽你是不该回到这个地方来的。回来是为了还土司一条性命，想不到一条没有还反倒又欠下了一条。守林人绑人是训练有素的，一个死扣结在脖子上，使他只能昂着头保持他平常那骄傲的姿势。银匠确实想在土司出现时表现得谦恭一些，但他一低头，舌头就给勒得从口里吐了出来，这样，他完全就是一条在骄阳下喘息的狗的样子了。这可不是他愿意的。于是，银匠的头又骄傲地昂了起来。他看到午睡后的人们起来了，在一层层楼面的回廊上穿行，人人都装作没有看见他给绑在那里的样子。下人们不断地在土司房中进进出出。银匠就知道土司其实已经知道自己给绑在这里了。为了压抑住心中的愤怒，他就去想，自己根据双手画在泥地上的那个徽记肯定已经晒干，而且叫风给抹平了。少土司依然不肯露面。银匠求从面前走过的每一个人替他通报一声，那上面仍然没有反应。银匠就哭了，哭了之后，就开始高声叫骂。少土司依然不肯露面。银匠又哭，又骂。这下上上下下的人都说，这个人已经疯了。银匠也听到自己脑子里尖厉的声音在鸣叫，他也相信自己可能疯了。少土司就在这个时候出现在高高的楼上，问：“你们这些人，把我们的银匠怎么了？”没有一个人回答。少土司又问：“银匠你怎么了？”

银匠就说：“我疯了。”

少土司说：“我看你是有点疯了。你伤了我祖先的寄魂树，你看怎么办吧。”

“我知道这是死罪。”

“这是你又一次犯下死罪了，可你又没有两条性命。”

“……”

少土司就说：“把这个疯子放了。”

果然就松绑，就赶他出门。他就拉住了门框大叫：“我不是疯子，我是银匠！”

大门还是在他面前哐啷啷关上了，只有大门上包着门环的虎头对着他龇牙咧嘴。从此开始，人们都不再把他当成一个银匠了。起初，人们不给银子叫他加工，完全是因为土司的命令。现在，人们是一致认为他不是个银匠了。土司一次又一次赦免了他，可他逢人就说：“土司家门上那对银子虎头是多么难看啊！”

“那你就做一对好看的吧。”

可他却说：“我饿。”可人们给他的不再是好的吃食了。他就提醒人们说，我是银匠。人们就说，你不过是一个疯子。你跟命运作对，把自己弄成了一个疯子。而少土司却十分轻易就获得了好的名声，人们都说，看我们的土司是多么善良啊，新土司的胸怀是多么宽广。少土司则对他的手下人说，银匠以为做人有一双巧手就行了，他可能永远也不会知道做一个人还要有一个聪明的脑子。少土司说，这下他恐怕真的要成为一个疯子了，如果他知道其实是斗不过我的话。这时，月光里传来了银匠敲打白银的声音：叮咣！叮咣！叮咣！那声音是那么的动听，就像是在天上那轮满月里回荡一样。循声找去的人们发现他是在土司家门前那一对虎头上敲打。月光也照不进那个幽深的门洞，他却在那里叮叮咣咣地敲打。下人们拿了家伙就要冲上去，但都给少土司拦住了。少土司说："你是向人们证明你不是疯子，而是一个好银匠吗？"

银匠也不出来答话。

少土司又说："嗨！我叫人给你打个火把吧。"

银匠这才说："你准备刀子吧，我马上就完，这最后几下，就那么几根胡须，不用你等多久。我只要人们相信我确实是一个银匠。当然我也疯了，不然怎么敢跟你们作对呢。"

少土司说："我为什么要杀你，你不是知错了吗？你不是已经在为你的主子干活了吗？我还要叫人赏赐你呢。”

这一来，人们就有些弄不清楚，少土司和银匠哪个更有道理了，因为这两个人说的都有道理。但人们都感到了，这两个都很正确的人，还在拼命要证明自己是更加有道理的一方。这有什么必要呢？人们问，这有什么必要呢？证明了道理在自己手上又有什么好处呢？而且就更不要说这种证明方式是多么奇妙了。银匠干完活出来不是说，老爷，你付给我工钱吧；而是说，土司你可以杀掉我了。少土司说，因为你证明了你自己是一个银匠吗？不，我不会杀你的，我要你继续替我干活。银匠说，不，我不会替你干的。少土司就从下人手中拿过火把进门洞里去了。人们都看到，经过了银匠的修整，门上那一对虎头显得比往常生动多了，眼睛里有了光芒，胡须也似乎随着呼吸在颤抖。

少土司笑笑，摸摸自己的胡子说：“你是一个银匠，但真的是一个最好的银匠吗？”

银匠就说：“除去死了的，和那些还没有学习手艺的。”

少土司说：“如果这一切得到证明，你就只想光彩地死去是吗？”

银匠就点了点头。

少土司说：“好吧。”就带着一干人要离开了。银匠突然在背后说："你一个人怎么把那么多的女人都要过了。"

少土司也不回头，哈哈一笑说："你老去碰那些我用过的女人，说明你的运气不好。你就要倒霉了。"

银匠就对着围观的人群喊道："我是一个疯子吗？不！我是一个银匠！人家说什么，你们就说什么，你们这些没有脑子的家伙。你们有多么可怜，你们自己是不知道的。"人们就对他说，趁你的脖子还顶着你的脑袋，你还是操心操心你自己。银匠又旁若无人地说了好多话，等他说完，才发现人们早已经走散了，面前只有一地微微动荡的月光，又冷又亮。

银匠想起少土司对他说，我会叫你证明你是不是一个最好的银匠的。回到山洞里去的路上，达泽碰到了一个姑娘，他就带着她到山洞里去了。这是一个来自牧场的姑娘，通体都是青草和牛奶的芳香。她说，你要了我吧，我知道你在找没人碰过的姑娘。其实那些姑娘也不都是土司要的，新土司没有老土司那么多学问，但也没有老土司那么好色。他叫那些姑娘那样说，都是存心气你的。银匠就对这个处女说，我爱你。我要给你做一副漂亮的耳环。姑娘说，你可是不要做得太漂亮，不然就不是我的，而是土司家的了。银匠就笑了起来，说，我还没有银子呢。姑娘就叹了口气，偎在他怀里睡了。银匠也睡着了。他做了一个梦，梦见自己给这姑娘打了一副耳环，正面是一枚美丽的树叶，上面有一颗盈盈欲坠的露珠。背面正好就是他想作为自己徽记的那个修长灵巧的手掌。醒来时，那副耳环的样子还在眼前停留了好一会儿。他叹了口气，身旁姑娘平匀的呼吸中，依然是那些高山牧场上的花草的芬芳。又一个黎明来到了，曙色中传来了清脆的鸟鸣。银匠也不叫醒那姑娘就独自出门去了。他忽然想到，这副耳环就是他留在这世上最为精湛的东西了。要获得做这副耳环的银子，只有去求土司了。太阳升起时，他又来到了土司家门前，昨晚的小小改动确实使这大门又多了几分威严。太阳把他的身影拉得很长，他望着那是自己又不是自己的影子想，让我为这个姑娘去死，让我骗一骗土司吧。于是，他就大叫一声，在土司官寨的门口跪下了。

这回，很快就有人进去通报了。少土司站在平台上说："我就不下去接你了，你上来和我一起用早茶吧。"

银匠抬头说："你拿些银子让我给你家干活吧。我想不做你家的奴才，我想错了，我始终是你家的奴才，这没有什么好说的。"

少土司说："你果然还算是聪明人。你声称自己是最好的银匠，带了一个不好的头，如今，好多银匠都声称自己是天下最好的银匠了。这是你的罪过，但我有宽大的胸怀，我已经原谅你了，你从地上起来吧。”

当他听说有那么多人都声称自己是最好的银匠时，心里就十分不快了。现在，仅仅就是为了证明那些人是一派谎言，他也会心甘情愿给土司干活了。他说：“请土司发给我银子吧。”

少土司却问：“你说银匠最爱什么。”

他说：“当然是自己的双手。”

少土司说：“那个想收你做女婿，后来又怂恿我杀了你的老银匠怎么说是眼睛呢？”

银匠就说：“土司你昨晚看见了，好的银匠是不要眼睛也要双手的。”

少土司就笑了，说：“我记下了，如果你今后再犯什么，我就取你的眼睛，不要你的双手。”

太阳朗朗地照着，银匠还是感到背上爬上了一股凛凛的寒气。他说：“那时，土司你就赐我死好了。”

少土司朗声大笑，说：“我要留下你的双手给我干活呢。”

银匠想，他不知要怎么地算计我，可他也不知道我是要匀他的银子替那姑娘做一副耳环呢。于是，又一次请求："给我一点活干吧，匠人的手不干活是会闲得难受的。"

少土司说："你放宽心再玩些日子。我要组织一次银匠比赛，把所有号称自己是天下最好的银匠都招来，你看怎么样？"银匠就很灿烂地笑了，银匠说："那就请你恩准我随便找点活干干，你不说话，谁也不敢拿活给我干啊。"少土司说："一个土司难道不该这样吗？说句老实话，当年如果我是土司，你连逃跑的想头都不敢有。不过既然那些银匠都在干活，那么，你也可以去找活干了。不然，到时候赢了还好，若是你输了，会怪我不够公平呢。像个爱名声的人，我也很爱自己的名声呢。"

银匠找到活干了，每样活计里面攒下一丁点银子。直到凑齐了一只耳环的银子时，那个牧场姑娘也没有露面。少土司则在紧锣密鼓地筹备银匠比赛，精致的帖子送到了四面八方。从西边来了三十个银匠，北边来了二十个银匠，南边那些有着世仇的地方，也来了十个银匠，从东边的汉地也来了十个银匠。据说，那广大汉地的官道上，还有好多银匠风尘仆仆地正在路上呢。银匠们住满了官寨里所有空着的房间。四村八寨的人们也都赶来了，官寨外边搭满了帐房。到了夜半，依然歌声不断。明天就要比赛了，一轮明月正在天上趋于圆满。银匠支好炉子，把工具一样样摆在月光下面，而且，他听见自己在唱歌！从小到大，他是从来没有唱过歌的。他想自己肯定是不会唱歌的，但喉咙自己歌唱起来了。银匠就唱着歌，开始替那个不知名字的姑娘做耳环了。太阳升起时耳环就做好了，果然就和梦中见到的一模一样。他说，可惜只有一只，不然我也用不着去比赛了。他想，哪个银匠不偷点银子呢？你说不偷也不会有人相信。早知如此，不要等到现在才动手，那还不是把什么想做的东西都做出来了。他把家什收拾好，把耳环揣在怀里，就往比赛的地方去了。

少土司把比赛场地设在官寨那宽大的天井里。银匠们围着天井坐成一圈，座下都铺上了暖和的兽皮。土司还破例把寨子向百姓们开放了。九层回廊上层层叠叠的尽是人头。银匠达泽发现那个有着青草芳香的姑娘也在人群中间，就对她扬了扬手。姑娘指指外边的果园，银匠知道她是要他比赛完了在那里等她。银匠就摸了摸自己的耳朵。这时，少土司走到了他的面前，说："你要保重你自己，输了我就砍下你的双手，你说过你最爱你的双手。"银匠立即就觉得双手十分不安地又冷又热，但他还是自信地笑笑："我不会输的。”少土司又说：“手艺人就是这样，毛病太多了，你可不要犯那些毛病，不然我同样不会放过你的。”

少土司又问：“记住了？”

银匠说：“记住了。”

“我只是怕你到时候又忘了。”

少土司回到二楼他的座位上，挥挥手，一筐银圆就哐啷啷从楼上倒到天井里了。

开初的几个项目，都是达泽胜了。少土司亲自下来给他挂上哈达。

夜晚也就很快到来了。银匠们用了和土司一样的食品：蜜酒、奶酪、熊肉和一碗燕麦粥。用完饭，少土司还和银匠们议论一阵各地的风俗。这时，月亮升起来了。又一筐银圆从楼上倒了下去。少土司说：“像玩一样，你们一人打一个月亮吧，看哪个的最大最亮。”

立时，满天的叮叮咣咣的声音就响了起来。很快，那些手下的银子月亮不够大也不够圆满的都住了手承认失败了。只有银匠达泽的越来越大，越来越圆，越来越亮，真正就像是又有一轮月亮升起来了一样。起先，银匠是在月亮的边上，举着锤子不断地敲打：叮咣！叮咣！叮咣！谁会想到一枚银圆可以变成这样美丽的一轮月亮呢。夜渐渐深了，那轮月亮也越来越大，越来越晶莹灿烂了。后来银匠就站到那轮月亮上去了。他站在那轮银子的月亮中央去锻造那月亮。后来，每个人都觉得那轮月亮升到了自己面前了。他们都屏住了呼吸，要知道那已是多么轻盈的东西了啊！那月亮就悬在那里一动不动了。月亮理解人们的心意，不要在轻盈的飞升中带走他们伟大的银匠，这个从未有过的银匠。天上那轮月亮却渐渐西下，折射的光芒使银匠的月亮发出了更加灿烂的光华。

人群中欢声骤起。

银匠在月亮上直了直腰，就从那上面走下来了。

有人大叫，你是神仙，你上天去吧！你不要下来！但银匠还是从月亮上走下来了。

银匠对着人群招了招手，就径直出了大门到外边去了。

少土司宣布说，银匠达泽获得了第一名。如果他没有别的不好的行为，那么，明天就举行颁奖大会。人们的欢呼声使官寨都轻轻摇晃起来。人们散去时，少土司说："看看吧，太多的美与仁慈会使这些人忘了自己的身份的。"管家问："我们该把那银匠怎么办呢？"少土司说："他成了老百姓心中的神仙，那就没有再活的道理了。这个人永远不知道适可而止。”少土司发了一通议论，才吩咐说：“跟着银匠，他自己定会触犯比赛时我们公布了的规矩的。”管家说：“要是抓不住把柄又怎么办呢？”少土司说：“你们把心放在肚子里。凡是自以为是的人，他们都会犯下过错的。因为他不会把别的什么放在眼里。”

银匠在果园里等到了那个牧场姑娘。她的周身有了更浓郁的花草的芬芳。银匠说：“你在今天晚上怀上我的儿子吧。”

姑娘说：“那他一定会特别漂亮。”

她不知道银匠的意思是说，也许，过了今天他就要死了，他要在这个世界上留下一个不信服命运的天才的种子。于是，他要了姑娘一次，又要了姑娘一次。最后在草地上躺了下来。这时，月亮已经下去了。他望着渐渐微弱的星光想，一个人一生可以达到的，自己在这一个晚上已经全部达到了，然后就睡着了。又一天的太阳升起来了，他拿出了那只耳环，交给姑娘说：“那轮月亮是我的悲伤，这只耳环是我的欢乐，你收起来吧。”

姑娘欢叫了一声。

银匠说：“要知道你那么喜欢，我就该下手重一点，做成一对了。”

姑娘就问："都说银匠会偷银子，是真的？"

银匠就笑笑。

姑娘又问："这只耳环的银子也是偷的？"

银匠说："这是我唯一的一次。"

埋伏在暗处的人们就从周围冲了出来，他们欢呼抓到偷银子的贼了。银匠却平静地说："我还以为你们要等到太阳再升高一点动手呢。"被带到少土司跟前时，他把这话又重复了一遍。少土司说："这有什么要紧呢，太阳它自己会升高的。就是地上一个人也没有了，它也会自己升高的。"

银匠说："有关系的，这地上一个人也没有了，没人可戏弄，你的日子就不好过了。"

少土司说："天哪，你这个人还是个凡人嘛，比赛开始前我就把该告诉你的都告诉你了，为什么还要抱怨呢。再说，偷点银子也不是死罪，如果偷了，砍掉那只偷东西的手不就完了吗？"

银匠一下就抱着手蹲在了地上。

按照土司的法律，一个人犯了偷窃罪，就砍去那只偷了东西的手。如果偷东西的人不认罪，就要架起一口油锅，叫他从锅里打捞起一样东西。据说，清白的手是不会被沸油烫伤的。

官寨前的广场上很快就架起了一口这样的油锅。

银匠也给架到广场上来了。那个牧场姑娘也架在他的身边。几个喇嘛煞有介事地对着那口锅念了咒语，锅里的油就十分欢快地沸腾起来。有人上来从那姑娘耳朵上扯下了那一只耳环，扔到油锅里去了。少土司说："银匠昨天沾了女人，还是让喇嘛给他的手念念咒语，这样才公平。"银匠就给架到锅前了。人们看到他的手伸到油锅里去了。广场上立即充满了一股奇怪的味道。银匠把那只耳环捞出来了。但他那只灵巧的手却变成了黑色，肉就丝丝缕缕地和骨头分开了。少土司说，我也不惩罚这个人了，有懂医道的人给他医手吧。但银匠对着沉默的人群摇了摇头，就穿过人群走出了广场。他用那只好手举着那只伤手，一步步往前走着，那手也越举越高，最后，他几乎是在踮着脚行走了。人们才想起银匠他忍受着的是多么巨大的痛苦。这时，银匠已经走到河上那道桥上了。他回过身来看了看沉默的人群，纵身一跃，他那修长的身子就永远从这片土地上消失了。

那个牧场姑娘大叫一声昏倒在地上。

少土司说："大家看见了，这个人太骄傲，他自己死了。

我是不要他去死的。可他自己去死了。你们看见了吗？！”

沉默的人群更加沉默了。少土司又说：“本来罪犯的女人也就是罪犯，但我连她也饶恕了！”

少土司还说了很多，但人们不等他讲完就默默地散开了，把一个故事带到他们各自所来的地方。后来，少土司就给人干掉了。到举行葬礼时也没有找到双手。那时，银匠留下的儿子才一岁多一点。后来流传的银匠的故事，都不说他的死亡，而只是说他坐着自己锻造出来的月亮升到天上去了。每到满月之夜，人们就说，听啊，我们的银匠又在干活了。果然，就有美妙无比的敲击声从天上传到地上：叮咣！叮咣！叮叮咣咣！那轮银子似的月亮就把如水的光华倾洒到人间。看哪，我们伟大银匠的月亮啊！

阿古顿巴

产生故事中这个人物的时代，牦牛已经被役使，马与野马已经分开。在传说中，这以前的时代叫作美好时代。而此时，天上的星宿因为种种疑虑已彼此不和。财富的多寡成为衡量贤愚、决定高贵与卑下的标准。妖魔的帮助使狡诈的一类人力量增大。总之，人们再也不像人神未分的时代那样正直行事了。

这时世上很少出现神迹。

阿古顿巴出生时也未出现任何神迹。

只是后来传说他母亲产前梦见大片大片的彩云，颜色变幻无穷。而准确无误的是这个孩子的出生却要了他美丽母亲的性命，一个接生的女佣也因此丢掉了性命。阿古顿巴一生下来就不大受当领主的父亲的宠爱。下人们也尽量不和他发生接触。阿古顿巴从小就在富裕的庄园里过着孤独的生活。冬天，在高大寨楼的前面，坐在光滑的石阶下享受太阳的温暖；夏日，在院子里一株株苹果、核桃树的阴凉下陷入沉思。他的脑袋很大，宽广的额头下面是一双忧郁的眼睛，正是这双沉静的、早慧的眼睛真正看到了四季的开始与结束，以及人们以为早已熟知的生活。

当阿古顿巴后来声名远播，成为智慧的化身时，庄园里的人甚至不能对他在任何一件事情上的表现有清晰的记忆。他的童年只是森严沉闷的庄园中的一道隐约的影子。

“他就那样坐在自己脑袋下面，悄无声息。”

打开门就可以望到后院翠绿草坪的厨娘说。

“我的奶胀得发疼，我到处找我那可怜的孩子，可他就跟在我身后，像影子一样。”

当年的奶娘说。

“比他更不爱说话的，就只有哑巴门房了。”

还有许多人说。而恰恰是哑巴门房知道人们现在经常在谈论那个孩子，记得那个孩子走路的样子，沉思的样子和他微笑的样子，记得阿古顿巴是怎样慢慢长大。哑巴门房记起他那模样不禁哑然失笑。阿古顿巴的长大是身子长大，他的脑袋在娘胎里就已经长大成形了。因为这个脑袋，才夺去了母亲的性命。他长大就是从一个大脑袋小身子的家伙变成了一个小脑袋长身子的家伙，一个模样滑稽而表情严肃的家伙。门房还记得他接连好几天弓着腰坐在深陷的门洞里，望着外面的天空，列列山脉和山间有渠水浇灌的麦田。有一天，斜阳西下的时候，他终于起身踏向通往东南的大路。阿古顿巴长长的身影怎样在树丛、土丘和苯波们作法的祭坛上滑动而去，门房都记得清清楚楚。

临行之前，阿古顿巴在病榻前和临终的父亲进行了一次深入的交谈。

“我没有好好爱过你，因为你叫你母亲死了。”呼吸困难的领主说，“现在，你说你要我死吗？”

阿古顿巴望着这个不断咳嗽，仿佛不是在呼吸空气而是在呼吸尘土的老人想：他是父亲，父亲。他伸手握住父亲瘦削抖索的手：“我不要你死。”

“可是你的两个兄长却要我死，好承袭我的地位。我想传位给你，但我担心你的沉默，担心你对下人的同情。你要明白，下人就像牛羊。”

“那你怎么那么喜欢你的马？父亲。”

“和一个人相比，一匹好马更加值钱。你若是明白这些道理，我就把位子传袭给你。”

阿古顿巴说：“我怕我难以明白。”

老领主叹了口气："你走吧。我操不了这份心了，反正我也没有爱过你，反正我的灵魂就要升入天堂了。反正你的兄长明白当一个好领主的所有道理。"

"你走吧。"老领主又说，"你的兄长们知道我召见你会杀掉你。"

"是。"

阿古顿巴转身就要走出这个充满羊毛织物和铜制器皿的房间。你走吧，父亲的这句话突然像闪电照亮了他的生活前景，那一瞬间他清楚地看到了将来的一切，而他挟着愤怒与悲伤的步伐在熊皮连缀而成的柔软地毯上没有激起一点回响。

阿古顿巴的脸上第一次出现和他那副滑稽形象十分相称的讥讽的笑容。

"你回来。"

苍老威严的声音又在背后响起。阿古顿巴转过身却只看到和那声音不相称的乞求哀怜的表情："我死后进入天堂吗？"

阿古顿巴突然听到了自己的笑声。笑声有些沙哑，而且充满了讥讽的味道。

"你会进入天堂的，老爷。人死了灵魂都有一个座位，或者在地狱，或者在天堂。”

“什么人的座位在天堂？”

“好人，老爷，好人的座位。”

“富裕的人座位在天堂，富裕的人都是好人。我给了神灵无数的供物。”

“是这样，老爷。”

“叫我父亲。”

“是，老爷。依理说，你的座位在天堂，可是人人都说自己的座位在天堂，所以天堂的座位早就满了，你只好到地狱里去了！”

说完，他以极其恭敬的姿势弓着腰倒退着出了房间。

接下来的许多时间里，他都坐在院外阴凉干爽的门洞里，心中升起对家人的无限依恋。同时，他无比的智慧也告诉他，这种依恋实际上是一种渴望，渴望一种平静而慈祥的亲情。在他的构想中，父亲的脸不是那个垂亡的领主的脸，而是烧炭人的隐忍神情与门房那平静无邪的神情糅合在一起的脸。

他在洁净的泥土地上静坐的时候，清新澄明的感觉渐渐从脚底升上头顶。

阿古顿巴望见轻风吹拂一株株绿树，一样富于启迪地动荡。他想起王子释迦牟尼。就这样，他起身离开了庄园，在清凉晚风的吹拂下走上了漫游的旅程，寻找智慧以及真理的道理。

对于刚刚脱离庄园里闲适生活的阿古顿巴，道路是太丰富也太崎岖太漫长了。他的靴子已经破了，脚肿胀得难受。他行走在一个气候温和的地区。一个个高山牧场之间是平整的种植着青稞、小麦、荨麻的坝子，还有由自流的溪水浇灌的片片果园。不要说人工种植的植物了，甚至那些裸露的花岗岩也散发出云彩般轻淡的芬芳。很多次了，在这平和美丽的风景中他感到身躯像石头般沉重，而灵魂却轻盈地上升，直趋天庭，直趋这个世界存在的深奥秘密，他感到灵魂已包裹住了这个秘密。或者说，这秘密已经以其混沌含糊的状态盘踞在他的脑海，并散射着幽微的光芒。阿古顿巴知道现在需要有一束更为强烈的灵感的光芒来穿透这团混沌，但是，饥饿使他的内视力越来越弱。那团被抓住的东西又渐渐消失。

他只好睁开眼睛重新面对真实的世界，看到凝滞的云彩下面大地轻轻摇晃。他只好起身去寻找食物，行走时，大地在脚下晃动得更加厉害了。这回，阿古顿巴感到灵魂变得沉重而身躯却轻盈起来。

结果，他因偷吃了奉祭给山神的羊头被捕下狱。他熟悉这种牢房，以前自己家的庄园里也有这样的牢房。人家告诉他他就要死了。他的头将代替那只羊头向山神献祭。是夜无事，月朗星疏，他又从袍子中掏出还有一点残肉的羊齿骨啃了起来。那排锋利的公羊牙齿在他眼前闪着寒光，他的手推动着它们来回错动，竟划伤了他的面颊。他以手指触摸，那牙齿有些地方竟像刀尖一样。他灵机一动，把羊齿骨在牢房的木头窗棂上来回错动，很快就锯断了一根手腕粗的窗棂。阿古顿巴把瘦小尖削的脑袋探出去，看见满天闪烁的群星。可惜那些羊齿已经磨钝了。阿古顿巴想，要是明天就以我的头颅偿还那奉祭的羊头就完了。他叹口气，摸摸仍感饥饿的肚子，慢慢地睡着了。醒来已是正午时分。狱卒告诉他，再过一个晚上他就得去死了。狱卒还问他临死前想吃点什么。

阿古顿巴说：“羊头。”

“叫花子，想是你从来没吃过比这更好的东西？”狱卒说，“酒？猪肉？”

阿古顿巴闭上眼，轻轻一笑：“煮得烂熟的羊头，我只要羊头。”

他得到了羊头，他耐心地对付那羊头。他把头骨缝中的肉丝都一点点剔出吃净。半夜，才用新的齿骨去锯窗棂，钻出牢房，踏上被夜露淋湿的大路。大路闪烁着天边曙色一样的灰白光芒。大路把他带到一个地方又一个地方。

那时，整个雪域西藏还没有锯子。阿古顿巴因为这次越狱发明了锯子，并在漫游的路上把这个发明传授给木匠和樵夫，锯子又在这些人手头渐渐完善，不但能对付小木头，也能对付大木头了。锯子后来甚至成为石匠、铜匠、金银匠的工具了。

这时，阿古顿巴的衣服变得破烂了，还染上了虱子。由于阳光、风、雨水和尘土，衣服上的颜色也褪败了。他的面容更为消瘦。

阿古顿巴成为一个穷人，一个自由自在的人。

在一个小王国，他以自己的智慧使国王受到了惩罚。他还以自己的智慧杀死了一个不遵戒律、大逆不道的喇嘛。这些都是百姓想做而不敢做的。所以，阿古顿巴智慧和正义的名声传布到遥远的地方。人们甚至还知道他用一口锅换得一个贪婪而又吝啬的商人的全部钱财加上宝马的全部细节，甚至比阿古顿巴自己事后能够回忆起来的还要清楚。人们都说那个受骗的商人在拉萨又追上了阿古顿巴。这时，阿古顿巴在寺庙前的广场上手扶高高的旗杆。旗杆直指蓝空，蓝空深处的白云飘动。阿古顿巴要商人顺着旗杆向天上望，飘动的白云下旗杆仿佛正慢慢倾倒。阿古顿巴说他愿意归还商人的全部财物，但寺庙里的喇嘛要他扶着旗杆，不让它倒地。商人说，只要能找回财物，他愿意替阿古顿巴扶着这根旗杆。

阿古顿巴离开了，把那商人的全部钱财散给贫苦百姓，又踏上了漫游的道路。

那个商人却扶着那根稳固的旗杆等阿古顿巴带上他的钱财回来。

他流浪到一个叫作“机”的地区时，他的故事已先期抵达。

人们告诉他：“那个奸诈又愚蠢的商人已经死在那根旗杆下了。”

他说：“我就是阿古顿巴。”

人们看着这个状貌滑稽，形容枯槁的人说：“你不是。”

他们还说阿古顿巴应有国王一样的雍容，神仙一样的风姿，而不该是一副乞丐般的样子。他们还说他们正在等待阿古顿巴。这些人是一群在部落战争中失败而被放逐的流民，离开了赖以活命的草原和牛群便难以为生。这些人住在一个被瘟疫毁灭的村落里，面对大片肥沃的正被林莽吞噬的荒地，在太阳下捕捉身上的虱子。他们说部落里已经有人梦见了阿古顿巴要来拯救他们。阿古顿巴摇头叹息，他喜欢上了其中的一个美貌而又忧郁的女子。

“我就是你们盼望的阿古顿巴。”

始终沉默不语的女子说：“你不是的。”

她是部落首领的女儿。她的父亲不复有以往的雄健与威风，只是静待死亡来临。

“我确实是阿古顿巴。”他固执地说。

“不。”那女子缓缓摇头，“阿古顿巴是领主的儿子。”她用忧郁的眼光远望企盼救星出现的那个方向。她的语调凄楚动人，说相信一旦阿古顿巴来到这里就会爱上自己，就会拯救自己的部落。叫人吃上许久都未沾口的酥油，吃上煮熟的畜肉。“我会叫你得到的。”

阿古顿巴让她沉溺于美丽的幻想中，自己向荒野出发去寻找酥油和煮肉的铜锅。他在路旁长满野白杨和暗绿色青绿树丛的大路上行走了两天。中午，他的面前出现了岔路。阿古顿巴在路口犹豫起来。他知道一条通向自由、无拘束无责任的自由，而另一条将带来责任和没有希望的爱情。正在路口徘徊不定的阿古顿巴突然看见两只画眉飞来。

鸟儿叽叽喳喳，他仔细谛听，竟然听懂了鸟儿的语音。

一只画眉说，那个瞎眼老太婆就要饿死了。

另一个画眉说，因为她儿子猎虎时死了。

阿古顿巴知道自己将要失去一些自由了。听着良心的召唤而失去自由。

他向鸟儿询问那个老太婆在什么地方。画眉告诉他在山岭下的第三块巨大岩石上等待儿子归来。说完两只画眉快乐地飞走了。

以后，在好几个岔道的地方，他都选择了叫自己感到忧虑和沉重的道路。最后，他终于从岭上望见山谷中一所孤零零的断了炊烟的小屋。小屋被树丛包围掩映，轮廓模糊。小屋往前，一块卧牛般突兀的岩石上有个老人伺偻的身影。虽然隔得很远，但那个孤苦的老妇人的形象在他眼前变得十分清晰。这个形象是他目睹过的许多贫贱妇人形象的组合。这个组合而成的形象像一柄刀子刺中了他胸口里某个疼痛难忍的地方。在迎面而来的松风中，他的眼泪流泻了下来。

他听见自己叫道："妈妈。"

阿古顿巴知道自己被多次纠缠的世俗感情缠绕住了。而他离开庄园四处漫游可不是为了这些东西。又有两只画眉在他眼前飞来飞去，啁啾不已。

他问："你们要对我说些什么？"

"喳！喳喳！"雄鸟叫道。

"叽。叽叽。"雌鸟叫道。

阿古顿巴却听不懂鸟的语言了。他双手捧着脑袋蹲在地上哭了起来。后来哭声变成了笑声。

从大路的另一头走来五个年轻僧人，他们站住，好奇地问他是在哭泣还是在欢笑。

阿古顿巴站起来，说："阿古顿巴在欢笑。"果然，他的脸干干净净，不见一点泪痕。年轻的和尚们不再理会他，坐下来歇脚打尖了。他们各自拿出最后的一个麦面馍馍。阿古顿巴请求分给他一点。

他们说："那就是六个人了。六个人怎么分三个馍馍？"

阿古顿巴说："我要的不多，每人分给我一半就行了。"

几个和尚欣然应允，并夸他是一个公正的人。这些僧人还说要是寺里的总管也这样公正就好了。阿古顿巴吃掉半个馍馍。这时风转了向，他怀揣着两个馍馍走下了山岭，并找到了那块石头。那是一块冰川留下的碛石，石头上面深刻而光滑的擦痕叫他想起某种非人亦非神的巨大力量。那个老妇人的哭声打断了他的遐想。

他十分清楚地感到这个哭声像少女一样美妙悲切的瞎眼老妇人已不是她自己本身，而是他命运中的一部分了。

她说："儿子。"

她的手在阿古顿巴脸上尽情抚摸。那双抖索不已的手渐渐向下，摸到了他揣在怀中的馍馍。

"馍馍吗？"她贪馋地问。

"馍馍。"

"给我，儿子，我饿。"

老妇人用女王般庄严的语调说。她接过馍馍就坐在地上狼吞虎咽起来。馍馍从嘴巴中间进去，又从两边嘴角漏出许多碎块。这形象叫阿古顿巴感到厌恶和害怕，想趁瞎老太婆饕餮之时，转身离去。恰在这个时候，他听见晴空中一声霹雳，接着一团火球降下来，烧毁了老妇人栖身的小屋。

阿古顿巴刚抬起的腿又放下了。

吃完馍馍的瞎老太婆仰起脸来，说："儿子，带我回家吧。"她伸出双手，揽住阿古顿巴细长的脖子，伏到了他背上。阿古顿巴仰望一下天空中无羁的流云。然后，他一弓身把老妇人背起来，面朝下面的大地迈开沉重的步伐。

老妇人又问："你是我儿子吗？"阿古顿巴没有回答。

他又想起了那个高傲而美丽的部落首领的女儿。他说："她更要不相信我了。不相信我是阿古顿巴了。"

"谁？阿古顿巴是一个人吗？"

"是我。"

适宜播种的季节很快来临了。

阿古顿巴身上已经失去了以往那种诗人般悠然自得的情调。他像只饿狗一样四处奔窜，为了天赐给他的永远都处于饥饿状态中的瞎眼妈妈。

他仍然和那个看不到前途的部落生活在一起。

部落首领的女儿对他说："你，怎么不说你是阿古顿巴了？阿古顿巴出身名门。"说着，她仰起漂亮的脸，眼里闪烁迷人的光芒，语气也变得像梦呓一般了，"……他肯定是英俊聪敏的王子模样。"

真正的阿古顿巴形销骨立，垂手站在她面前，脸上的表情幸福无比。

"去吧，"美丽姑娘冷冷地说，"去给你下贱的父亲挖几颗觉玛吧。"

"是，小姐。"

"去吧。"

就在这天，阿古顿巴看见土中的草根上冒出了肥胖的嫩芽。他突然想出了拯救这个部落的办法。他立即回去找到首领的女儿，说："我刚挖到了一个宝贝，可它又从土里遁走了。"

"把宝贝找回来，献给我。"

"一个人找不回来。"

"全部落的人都跟你去找。"

阿古顿巴首先指挥这些人往宽地挖掘。这些以往曾有过近千年耕作历史的荒地十分容易开掘。那些黑色的疏松的泥巴散发出醉人的气息。他们当然没有翻掘到并不存在的宝贝。阿古顿巴看新垦的土地已经足够宽广了，就说："兴许宝贝钻进更深的地方去了。"

人们又往深里挖掘。正当人们诅咒、埋怨自己竟听了一个疯子的指使时，他们挖出了清洁温润的泉水。

"既然宝贝已经远走高飞，不愿意亲近小姐，那个阿古顿巴还不到来，就让我们在地里种上青稞，浇灌井水吧。"

秋天到来的时候，人们彻底摆脱了饥饿。不过三年，这个濒于灭绝的游牧部落重新变成强大的农耕部落。部落首领成为领主，他美貌骄傲的女儿在新建的庄园中过上了尊贵荣耀的生活。阿古顿巴和老妇人依然居住在低矮的土屋里。

一天，妇人又用少女般美妙动听的声音说："儿子，茶里怎么没有牛奶和酥油，盘子里怎么没有肉干与奶酪呀？"

"母亲，那是领主才能享用的呀。"

"我老了，我要死了。"老妇人的口气十分专横，而且充满怨愤，"我要吃那些东西。"

"母亲……"

"不要叫我母亲，既然你不能叫我过上那样的好生活。"

"母亲……"

"你这个没出息的东西想说什么？"

"我不想过这种日子了。"

"那你，"老妇人的声音又变得柔媚了，"那你就叫我过上舒心的日子吧，领主一样的日子。"

"蠢猪一样的日子吗？"

阿古顿巴又听到自己声音中讥讽的味道，调侃的味道。

"我要死了，我真是可怜。"

"你就死吧。"

阿古顿巴突然用以前弃家漫游前对垂亡的父亲说话的那种冷酸的腔调说。

说完，他在老妇人凄楚的哭声中跨出家门。他还是打算替可怜的母亲去乞讨一点好吃的东西。斜阳西下，他看见自己瘦长的身影先于自己的脚步向前无声无息地滑行，看到破烂的衣衫的碎片在身上像鸟羽一样凌风飞扬，看到自己那可笑的尖削脑袋的影子上了庄园高大的门楼。这时，他听见一派笙歌之声，看见院子里拴满了配着各式贵重鞍具的马匹。

也许领主要死了。他想。

人家却告诉他是领主女儿的婚礼。

“哪个女儿？”他问，口气恍恍惚惚。

“领主只有一个女儿。”

“她是嫁给阿古顿巴吗？”

“不。”

“她不等阿古顿巴了吗？”

“不等了。她说阿古顿巴是不存在的。”

领主的女儿嫁给了原先战胜并驱赶了他们部落的那个部落的首领，以避免两个部落间再起事端。这天，人不分贵贱，都受到很好的招待。阿古顿巴喝足了酒，昏沉中又揣上许多油炸的糕点和奶酪。

推开矮小土屋沉重的木门时，一方月光跟了进来。他说："出去吧，月亮。"

月光就停留在原来的地方了。

"我找到好吃的东西了，母亲。"

可是，瞎老太婆已经死了。那双什么都看不见的眼睛睁得很大。临死前，她还略略梳洗了一番。

黎明时分，阿古顿巴又踏上了浪游的征途。翻过一座长满白桦的山冈，那个因他的智慧而建立起来的庄园就从眼里消失了。清凉的露水使他脚步敏捷起来了。

月亮钻进一片薄云。

"来吧，月亮。"阿古顿巴说。

月亮钻出云团，跟上了他的步伐。

图书在版编目(CIP)数据

行刑人·银匠:《尘埃落定》外篇 / 阿来著.—杭州:浙江文艺出版社,2021.4

ISBN 978-7-5339-6448-1

Ⅰ. ①行… Ⅱ. ①阿… Ⅲ. ①中篇小说-小说集-中国-当代 ②短篇小说-小说集-中国-当代 Ⅳ. ①I247.7

中国版本图书馆 CIP 数据核字(2021)第 041377 号

策划统筹 曹元勇
责任编辑 李 灿
文字编辑 伍华星
营销编辑 睢静静 张赟喆
责任印制 吴春娟
装帧设计 周伟伟

行刑人·银匠——《尘埃落定》外篇
阿来 著

出版发行 浙江文艺出版社
地 址 杭州市体育场路 347 号
邮 编 310006
电 话 0571-85176953(总编办)
0571-85152727(市场部)
印 刷 杭州富春印务有限公司
开 本 880 毫米 ×1230 毫米 1/32
字 数 110 千字
印 张 6.5
插 页 4
版 次 2021 年 4 月第 1 版
印 次 2021 年 4 月第 1 次印刷
书 号 ISBN 978-7-5339-6448-1
定 价 42.00 元